AFTER AONEKO
(*Astronaut 1*)

Poetry 4
Keiji Matsumoto
Selection
4 / 9

Koshisha

青猫以後

青猫以後　目次

青猫以後

R／F　5つの断片

1の断片

雨が降っていた
雨はまだ降っている
緑が濃くなった
博物館の芝生の
それを取り囲む木立の
緑、ありきたりな
もう夏なのだ

私はそれを七階のベランダから見ている
ハドソン河の岸辺から釣り糸を投げ込むように
光は物静かな放物線を描いていた
灰色の光だ
人々は傘をさして歩いている
私も外出すべきなのか
わからない
たぶん、わからないままこの一日は終る
友人からの葉書には
あいかわらず何も良いことがないと書いてある
もう若くはないと思うが
それでも苛立ちはする
あたりまえだ
壁にはりつけた葉書の表面が
プラスチックのように鈍く濡れている
そいつが風に捲れると

今度は壁全体が溶け始めるのだろう
異邦人の怯えにはつきものの幻想か
そんなものは子供に返すべきだ
その壁を垂直に折れると
夜のような箱がある
箱のなかで
私の本は未だ少年のように不死を信じている
今日
たとえば
何を覚えておくべきか
風は吹かない
雨は降っている

2の断片

写真家ロバート・フランクが撮った映画『THE PRESENT』の中で、ロバート・フランク自身がひたすら繰り返していたのは、「だがそれが何だというのか」という問いかけであり、「それがどうした」という突き放しであったと思うが、それだけを言えば単に老いによって囲い込まれたニヒリズムというありきたりな主題に回収されてしまうだろう。しかしビデオカメラで撮られた彼自身の「現在」の自画像には、鬱々とした表情など微塵もなく、明るく、晴れやかなものだったし、その確信に満ちた断言の仕方（おそろしくゆっくりとした）は、老いて嗄れた声の魔術的な響きも手伝って、幾分遊戯的にさえ感じられたものだ。

むしろ鬱々としているのはストーブや電気スタンドやベッドといった家具の方にあり、そしてそうした室内の対象物へと向けられた視線はそのまま窓をつき抜けて外界へ放り出される。もちろん彼はそこでももはや外界の豊かさを発見しようなどとはしていないのであり、窓の外の風景にさえも「くだらない」「まったく理解できない」と呟くのだ。唯一彼が「美しい」とコメントしたのは、煤で汚れた窓のコーナー（の映像）に対してだけだったと思う。「こいつは単なるベッドでありえたかも知れぬが」と呟きながらそのベッドでありえたかもしれない対象物をカメラで切取り、「分からない」「どうでもいい」「俺には関係ない」と躊躇なく言い捨てる彼の声はベッドへと投げかけられた彼自身の視線をもはや信じていないようだ。あるいは「それを認知する気がない」とでも言うべきかも知れない。

だからといって彼はここで例えばベッドならベッドの、名称による理解を越えたむき出しの物質性といったものをことさら暴こうとしているのではないし、老化による一種の痴呆状態を眼差しと認識のズレでもって再現しようとしているわけでも当然ない。そうした何らかの意図を持った作品行為がここで試されているわけではまったくない。彼はそこではほとんど何もしていない(もちろんカメラを回してはいるのだが)。あるいは、何も見せようとはしていない。何者かによって撮影され編集された映像を初めて見せられ、それに苛立ちながらコメントしている状態が、もっともこれに近いと言えるかも知れない。

こういうことだ。ある朝あなたは未知の国、未知の宇宙の、見知らぬ部屋で目覚める。あなたの視線は部屋の中をさまようのだが、そこに置かれてる家具や家電製品が一体何の役目をしているのか皆目見当がつかない。といってもあなたはそのいちいちに戸惑うこともできなければ、発見の喜びを見出すこともできない。あるのは激しい既視感だけである。見えるものすべてが恐ろしく懐かしい。何かが簡単に思い出せそうな気がするのだが、そんな気がするだけでやはり思い出せない。思い出そうとする努力にも疲れてしまった。視線は窓の外へと向かう。何かが見えるのだが、そこに何ほどの意味があるようにも思われない。そのうちあなたはたいした期待もなく外界へと出るだろう。あなたはそこで一頭の生々しい馬を観る。「これは動物の一種だろう」とあなたは呟く。それだけでは足りないのではないかという疑念が一瞬よぎるが、すぐにその程度の認知でもう十分じゃないかと思う。再び部屋に戻ると、そこには「MEMORY」と落書きされた壁がある。若い男がその落書きを必死になって消そうとしている。しかし消されたのは「MORY」の部分だけで、つまり残された「ME」が彼自身を見つめ返している。

この「ME」が『THE PRESENT』という言葉へと接続されるとき、彼自身もあの馬のように、対象化という作業から本質的に突き放された世界でぽつねんと立ち尽くしていることがわかる。この視線はもう、考え得る限りもっとも「浅い」認識の場に放置されたままなのであって、より「それらしい」認識へと至る運動を欠いている。この老いた視線には、死と生を「偶然」に行き来してしまっているとしか思えない震えがある。なぜなら彼が見ているものは、彼がかつて属していた小さな世界(それは室内からさほど遠くはないエリアに限定されてもいる)に違いなく、そして「現在」もなおその世界から自由に隔たっているわけでもないのだが、にもかかわらず彼はすでにその世界の住人ではないことを告げられている、という風景であるだろうから。

作品の終盤で「ME」とだけ落書きされた壁（あるいは巨大なアクリル板？）にカメラを担いだ彼の影が薄く被さるカットがある。「ME」とは何者かによって見出されねば存在できない目的格「私」なのだ。目的格「私」へと接近する彼自身の折り返しの視線が、ほとんど死者のそれだと感じてしまうことに無理はない。この痛ましい「現在」を、彼はなおも写真家として記録しておこうとしているわけだ。異邦人の視線でもってアメリカの無意識を発見してしまった若き日のロバート・フランクにとって、これは十分に予想できた「現在」であったかも知れない。「見られてしまう」ということの残酷さをいかに厳しく意識したとしても、それを撮ってしまうことの痛みは一向に解消されないだろう。その苛立ちがこの写真家の無意識のなかに深く沈殿しているように私には思われた。

3の断片

ストロボが爆発するAMERICAの7文字の峡谷を蛇のように渡った。ポンティアックの鼻先が夕陽へと沈んで行く。夕陽の下部左右がひらひらとめくれ上がっていた。「風が吹いている」ということだ。それぐらいは感じておかねばならない。韓国製のTVモニターにはこっそりスクリーン撮りされた不鮮明な画像が再生されていた。HIROSIMAの8文字から送られて来たビデオから老写真家の声が聞こえてくる。
プラニアック、
デ・ラポルト・クワン
光沢のある鉱石、の墓?
誰の?
エステファン、シンクレア、ミラージュ、トワイライト、パーラメント…
それが人の名前か?
そうだ、なんとなくそう聞こえる
その先では若きアメリカのパルクたちが群盗のふりをしていた。やつらの肖像には未だに賞金がかけられている。かけられたままなれ果てた。やつらは死ぬまで往復書簡をくり返すつもりだ。おまえはタイム・コードの入った夢を見たことがあるか。時間には正しい番地がある。この世界なら60分の1フィールドで分断できると私は思っていた。世界を記録したいという欲望は人間が発見したものだ。すでにキャメラは1970年代には手のひらに隠れることができた。その最小のキャメラを私は父にねだった。デパートの玩具売場のショーケース前の出来事だ。おまえは探偵にでもなるつもりかと父は言い、私はその通りだとこたえた。以来私は「現在」という言葉に縛られ続けている。

フィニ、

トランス、トラ（ア）ンス（ゥ）フィニ

記憶上の怪物が精神を汚し、

終わらせる

子供のころの私は異常に蛇が好きだった。蛇を飼ったこともある。そいつは熱帯魚のような派手な鱗を持っていた。シマヘビの子供だ。稚魚のようにあどけなかった。それでも飽き足らない私は熱帯植物園で見た双頭の蛇に憧れ、そいつを略奪する妄想に耽り続けた。あの奇形の蛇が自分のものにならないのならば生きていても仕方ないとさえ思われた。今ではどれも似たような黒い蛇を相手に商売をしている。例のフィルムというやつだ。8ミリのチビヘビから35ミリのキング・スネイクまでどいつもこいつもただ黒いだけだ。蛇は死んで腐った。フィルムも死んで腐る。酸化が始まり、やがて物質は液化する。どろどろになって接着し一つの丸い固まりになる。液化が完了すると乾期が訪れ、それらは粉末となり砂漠にばらまかれる。不自然が関与する時間はない。

ノン・リニア、ノン・モラル
このくだらない呪文を子供たちに捧げよう
ビスコ、
バナナン、
フルーチェらと共に
でも女の子には効かない、きっと
なぜ？
たぶん、効かない
じゃあ試しに私の家族アルバムを取り返して来てくれないか
あの広告塔にのぼって…
もう誰でもいい
メロス、
メモライズ…
それが人の名前か
貧しい思想だ
不幸ならいくらでも飼いならせる

車を運転している父の横顔を偶然に取り返したい。助手席の窓を流れる砂漠にいつまでも埋もれている無意識がある。光が白と黒とに分解された時、おまえは「家族愛」のようなものから拒絶されたと思った。これからは不愉快な椅子やベッドが支配する他人の部屋で眠らねばならない。叶うことならばカーテンのない部屋で死にたい。ソルトレイクを周遊する車の中で私は真空を思っていた。

もうすぐ目が潰れる

その後ならいくらでもシャッターが切れる

この視線は地上の痛みを持たない

なぜなら、人間には等身大の老いなどありえないからだ。そうして私はようやく孤独にたどり着くだろう。父には風景を「ないがしろにする」という仕事があった。それがドライバーたちの運命なのだ。助手席の私は新たな風景に出会うことばかり夢見ていた。しかし父の車は一度も風景のために停車することはなかった。その厳格な態度を愛するためには20年の時間が必要だった。21年目の今日、私はようやく一羽の幼鳥にもみたない視線を回復したと言える。

あれが老写真家の家だ

あの壁に「THE POEM」と刻まれている

悪夢は続く

4の断片

1998年12月31日。私はアラビア半島の突端を横断する車の中にいた。車はオマーンとの国境線ぎりぎりをかすめて、フジャイラからハッタへと岩山の渓谷を抜けて行くのだった。砂塵に追われながら、石に落書きされた矢印だけを頼りに砂利道の奥深くへと入って行くこの旅は、どんなにか不安（まだ二歳にもみたない娘も同乗しているというのに）だっただろう。このそびえ立つ岩山の数々を抜けると、ひょっとしたら果てしないルブアルハリ砂漠へと迷い込んでしまうかもしれない。本当なら福岡で、年内にはなんとか仕上げますと約束したロバート・フランク（の映画『THE PRESENT』）についての小文を書いているはずだった。分からなくなって、中断したまま放置してある原稿が気になって仕方ない。あの殺伐とした映画に費やした数ヶ月の散文的思考の綻びは、ちょっとした後遺症となって、不意に、断片的に私へと回帰した。最初にあの映画を観たときの強度はかなり薄らいでいたと思うが、しかしあの老写真家の声と奇妙な苛立ちだけはいつまでも残り続けた。それから私は、ロベルト・ヴァルザーを思っていた。精神病院に20年以上入院していて、病院近くのスイス山中の雪原で78歳で死んでいたという、ドイツ語圏の作家だ。ロバート・フランクはスイスから来て、今はカナダの雪原で死を迎え入れようとしている。だからということでもないが、私はロバート・フランクのあの奇妙な苛立ちがロベルト・ヴァルザーの狂気と接続できるような気がし、どうすればそれが散文的思考のなかで出会えるか、アラブに来る直前まで粘って考えていた。結局はそうした宿題を全部投げ出したまま飛行機に乗って、そして12月31日の荒地の旅のなかで再び反芻していたわけだ。

ロベルト・ヴァルザーの短い散文「一つの町」を、私はまるで『THE PRESENT』のシノプシスを発見したかのような思いで読んだ。本当に短いので全文引用しても構わないのだが、飯吉光夫氏の翻訳を頼りに要約すると、それはこういう物語だ。「真夏のある日、ぼくは自分がかつて住んでいたことのある、しかしもう何年というもの再訪したことのない町についた」「しかし様子は一変していた。眺めはぼくをうちのめし、奇妙な、名状しがたいおびえが幻滅したぼくの魂をよぎった。ぼくには何もかもがまるで死んだように見えたのだ。人々はまるで幽霊のように思われた。そしてぼく自身、不吉な幽霊と化していたのだった」「どうしてこんなところに入りこんでしまったのだ」「この家にぼくはかつて住んでいたのだった。何と心楽しくぼくはここを出たり入ったりしたことだろう。しかし、それが今ではまるで理解がつかなくなっているのだった」「それはもう別の部屋だった。もはや見定めがつかなかった。柩に似ていた」。これに似た物語をむかし私はどこかで読んだような記憶もある。とすると、こうした取り返しのつかない孤独の感覚は、「老い」、もしくは「狂気」が共に行き着く典型的な病理の風景であるのかも知れない。私はロバート・フランクの「現在」もまたこうした病理に直面しているのだろうと思われた。しかしロベルトが「誰もかれもぼくには無価値で、ぼく自身も彼らみんなにとって、見知らぬ人々にとって無価値なのだった。ぼくは町に背を向けて、先へとさすらって行った」と書いたのに反して、ロバートはひたすら自室とその周辺に留まり続けようとしている。「自分は無価値だ」という言葉に反して、彼は「ME」という言葉を回復してみせようとしている。ロベルトがその敗北を引き受けて去って行こうとする場所で、ロバートは苛立ちながら（時に楽天的なそぶりをみせ）この狂気、もしくは老いと戦い続けているという、そこに決定的な違いがある。人間の転倒を「狂気」とか「老い」という理解に還元してしまうことで、ある種の「赦し」「癒し」が得られるという幻想は幻想に過ぎない。ロベルトは転倒したままの姿で世界から追放されるが、ロバートは世界の方を転倒させ、追放しようとしているようだ。私を強く打ったのはそうした視線であり、声であったと思う。

市街地を例外として、私が観たアラブの風景は、世界中に点在する地上の廃墟のようなもので、自然にとってはすでに事後の形態でしかないように思われた。それらは何も表現しようとはしていない。もう表現し終わったのだ。この風景は人間を必要とはしていないし、人間には手のつけようがない。私は一度もシャッターを押すことができなかったばかりか、ファインダーを覗く気にさえなれなかった。ここで一つの民族はついに自己表現というさもしい欲望から解放されるのだろう。なんという単純な暴力、単純な理解だろう。未知のルブアルハリへと至る道中で、私はすっかり骨抜きにされ、皮一枚の駱駝のように後部座席に押しつけられていた。詩的衝動の直接的な言語化とは、もう人間のものではない、という想念が私を睨みつけていたのだ。アラブはちょうどラマダンの期間で、市街地も荒地も砂漠も宗教的な静寂によって支配されていた。道案内と運転を買って出た一人の美しいアラブ男は、私たちを夜のキャンプへと誘い、そこで彼のコーランを一晩中歌い続けるのだった。古い歌だ。それを子守歌にして一人、また一人と眠りに堕ちて行った。僕が最後の一人になったとき、彼は歌うのをやめた。

オマエハ詩人ラシイガ

ワタシハ生マレタトキカラ神学者ダッタ
コノ苦痛ナ生ハ神聖ナ人格ヘト至ルタメニアル
オマエハドウダ?
人間ハモウ試サレテハイナイ
タダ静カニ裁キヲ待ッテイルダケダ
その嗄れた声、故意にゆっくりと語りかける英語、その魔術的な響きに対し、そこでも私は、かつてそうした場面では必ずそうしてきたように、硬直し、卑屈な笑みを浮かべ、申し訳なさそうに、ひたすら「白痴の姿勢」をとり続けていたのだった。
夜に砂が舞っていた
背後のビデオが明滅しているのだろう
今日、ジープはいくつものオアシスへは立ち寄らなかった
この先に遺跡がある、と彼は言った
遺跡はどうでもいい、と私は言った
水は?
水もどうでもいい
日本語は嫌いだ

ナ・ペイユ、
ルドワ、
アンシャルタル
神聖な人格に至る？
旅？
嘘だ

5の断片

疲れていた。何もかもいたたまれない。

アメリカがバグダッドに二度目の裁きを降らせているころ、僕は若きパルクたちが台所に集結している夢をみた。

チキンとワインとタバコから生まれた詩を彼らはトマトケチャップで書いた。

その詩を老写真家は理解しない
ただ見ているだけだ。

僕は1965年7月9日午前1時27分に生まれた。僕は2024年3月13日午後8時

06分に死ぬだろう。その二つの数値だけが僕の現在となる。

詩人たちとの蜜月に別れを告げた老写真家は再び北上を始めた。いつまでも変われると思っているのは馬鹿の証拠だ、と僕の友人の一人は言った。移動こそ人間の諸悪の根源だ、ともう一人の友人は言った。そして最後の友人は何も言ってくれない。

21世紀は生命科学の時代だとクリントンは予言したらしい。19世紀は「化学」の世紀で、20世紀は「物理学」の世紀だったとYOMIURIは回顧していた。兵器のことを言っているのか。今では原子に代わって、クォークやレプトンという名前の素粒子が物質の究極になっていると言う。

「ヒトゲノム解析」で得られた「物質の究極」、によって支配される「ME」の大いなる退廃の話を、しかし、あの若きパルクたちは知らない。あの貴重な資料的映像（『PULL MY DAISY』）、その貧しいイメージのなかに閉じ込められたまま、彼らはあろうことに詩を朗読しているのだから。

僕はロバート・フランクのことを書かねばならないのに12月はレネのシナリオばかり読んでいた。脳の交差点を間違えたのだ。それは死んだ岡田隆彦のことを書かねばならないのにジャベスばかり読んでいた去年の12月と似ている。21世紀目前の死というのはおそらく正しい選択だと僕のレプトンは予言する。

何も変わらず、何もヒントにはならない。

いずれにせよこの場所からは出ていかねばなるまい。記憶が流れすぎる。一度からっぽにしておく必要がある。できないわけがない。僕は詩を書くという野蛮な人種なのだ。

電気ネズミを巻き戻す

オレンジとイエロー、二匹のウサギがさっきからおれを見ている。一匹は「ミッフィー」とか言うらしいが、どちらが「ミッフィー」なのか判らない。キリンの投げ輪、プラスチックのバット——何を勘違いしているのか、娘はそれをラッパと呼ぶ——ぬいぐるみが山盛りになった青いバスケットが三つ。バスケットからこぼれた「クマのプーさん」、「しまじろう」、名前の判らない子犬、リアルなカエル、リアルなヘビ。その傍らには、ごわごわの髪の毛をした、パンク少女のような「ぽぽちゃん」人形が裸のままうつ伏せに倒れている。極端に首を折って、両手を広げて……。「ぽぽちゃん」の背中の白さは、エベレスト山頂付近で見つかった伝説の登山家のミイラを思わせる。おれはその映像をBSで見たばかりだった。そいつは雪原に頭部を突き刺したような姿で、見事な彫刻と化していた。蠟化した身体は真珠色をしており、鳥類の化石か、朽ち果てた白い、不思議な白い、白い、倒木のようにも見えた。

娘はまだ三歳にもなっていないというのに、黄色い電気ネズミ（ピカチュウ）なんかに夢中になってしまって、このあいだまで可愛がっていた「テレタビーズ」の人形ども（ティンキーウィンキー、ディプシー、ラーラー、ポー）には目もくれない。恐るべき消費の早さだ。「キティ」のキッチンセットは半日と持たなかった。とにかく今はポケモンに狂っている。「ヒトカゲ」だの「トゲピー」だの「マリル」だの、おれはよく知らないがようはポケモンのサブ・キャラにまでかぶれてしまって、まあサブ・キャラは251匹もいるそうだからまだしばらくは持つと思うが、そのうち飽きる。飽きたらどうするつもりか。このあいだ仕事で夕張まで行ってきたのだが、行きも帰りも飛行機はポケモン・ジェットだった。そんな偶然もそれはそれでなんとなく喜ばしきことであって、帰宅するなり自慢してしまった。「父ちゃんポケモン・ジェット乗ったけん！」アホだ。あのいまいましい電気ネズミの放電ショック攻撃にやられてぶっ倒れた茶の間の子供たちを覚えておくべきだ。子供らはTVの前で実際に痙攣し、泡を吹き、卒倒したのだった。冗談のようなノンフィクションだが、笑えない。救急車も走った。日本全国で、同時に、救急車が走りまくった。お子様救急車が……。お子様救急車といえば、「ぽぽちゃんの救急車セット」も買ってやったはずだ。車体がバタンと倒れて診察台になる。もう遊べないのか、あれでは。何が「知育」だ。

最悪なのは木馬だった。気取ったアンティーク調の木馬を買ってやったのがいけなかった。こういうので遊んでくれたらおしゃれな感じがすると親は思うものだ。ところがどういう乗り方をしてしまったのか、バックドロップ状態でひっくり返ってしまって、頭を強打して、もう散々だった。泣きわめいて、かわいそうに。それからというもの、二度と木馬へは近づこうとしない。無用の木馬がピアノのように置かれている。それを取り囲むように、散乱したキャラクターグッズどもの領域。曖昧な境界線が引かれて、そこから先は投げ出された書物で敷き詰められたもっと陰惨な領域になっている。曖昧な境界線はちょうど小道のようになっていて、その小道を通っておれは、たとえば夕張なら夕張に出かけていくわけだ。

夕張。迷子のふりをしたかったのかも知れない。その日はどうしたことか雪道を4キロも歩く羽目になってしまって、車がなければちょっとした移動がこんなにもかかったるく、単調で、やってられないということを思い出していた。何も考えずに歩きだして、一度歩きだすと、もう歩き続けるしかない。そういう気分に支配されてしまう。

マヌケなのは昔からそうだった。いつまでたっても変わらない。不慣れな雪道を歩くあいだずっと、おれは晩年の「横山やすし」のことを考えていた。「やっさん」は頭部の強打による脳挫傷の後遺症と闘いながら、おそらくありえないだろう復帰に向けて、なけなしの賭けをしていた。おれはその映像をNHKで見たことがある。ピンク色の「勝負服」を着て、おぼつかない足取りで駅の階段をのぼっていく「やっさん」の横顔が痛々しかった。

「まいど」で登場し、「どないやっちゅうねん」と悪態をつき、「おこるでしかし、正味の話」で去っていくのが彼の完成された形式である。その三つのフレーズさえまともに発音できれば、ネタはどうであれ、かつての芸風はそこそこ再現できたはずなのだが、それさえおぼつかない。同情的な観客を前に、凍りついた時間が流れていく。自宅に帰ると、砂を嚙み、ひたすら苛立ちながら、「やっさん」は医師に止められたビールを飲み続けていた。不自由な身体、不自由な頭脳、不自由な舌が、行き場のない憤りとなって「やっさん」を打ちのめす。死後に放映されたその映像は、「横山やすしの死」という出来事、その「死」が喚起するビジョンよりも、はるかに酷い時間を刻印していた。おれはあんなに悲しいピンク色を見たことがない。あのピンク色は、おそらく胎児期の幸福感が、色彩になって顕われているのだ。そのピンク色が打ち震えていた。

冬の夕張にメロンはない。炭鉱も見えない。イメージする炭鉱は尿道と変わりがない。イメージは再現できると言うが、猿や犬にもできるのだろうか。とぼとぼと雪上にスタンプして行く足跡。そのぎゅっとした足裏の感覚。転倒しなかったおれの脳は挫傷を免れたし、木馬から床に叩きつけられた娘の脳も今のところは大丈夫だ。電気ネズミにやられているとしても、どうせ忘れる。飽きる。ノスタルジアとはリワインドの体験なのか。延びきったゼンマイにカツを入れる、それとも消耗品をひたすら消耗させる……。ノスタルジアとはリワインドの体験なのかと聞いているんだ。ようするに右から左へ「行って来い」を繰り返しているわけか。たぶん小さなボックスが眼の後ろ辺りにあって、ちょっとやそっとでは壊れようのない単純なカラクリでもってこの運動を続けているのだろう、映写機や無限軌道車のように。リニアに……。

「時速150キロでハイウェイを後進し続ければそのうち奇跡は起こる」とおれの小さなサタンは言った。タイムマシンの原理か。光を撒き散らしながら首都高速を逃げ回っていた頃の話だ。そんななけなしの賭けより背後の、後部座席のチャイルド・シートの方が今はよっぽど奇跡に思える。なしくずしの死を夢見るなら、おれは生をへらへらとなしくずしてやろう。晩年の「横山やすし」はピンクのゾンビとなってみっともなくうろついていた。あの伝説の登山家の白ミイラと、まだ死んでいないと言い張る薬漬けのピンクのゾンビとの違いは何なのか。「見出された時」とは、せいぜい時差の範囲じゃないのか。だから二匹のミッフィーに告げよう。おまえたちはすでに主人を失った。そろそろ欲望の所在を自覚してもいい頃だ。ティンキーウィンキー、ディプシー、ラーラ、ポー。おまえたちには忘却の縁で朽ち果てる自由を約束しよう。電気ネズミには待ちに待った終末を与える。ディズニーにはちっぽけな領土を、キティには魚を……。おれは消火栓をひねってこの部屋を水浸しにしてやることを夢見ていた。そのためにはまず小さな火を放たねばなるまい。小さな火はどこにあるか。想像しろ。水浸しになった部屋で終わらない詩を書き続けているのは誰だ。ばかやろう、恨みなんてこれっぽっちもない。おれはラッキーだった。なぜならまだ誰も殺していないからだ。大いなる凡庸の剃刀が二つ折りの紙を引き裂いて行く。詩は終われ。おれは終らない。詩には詩の運命があるだろう。そんなものがどうなろうとおれは知らない。

赤い小冊子《スイットピ》

まったく苛々させやがると思っておれがやってしまうと
娘《カーハ》は言う「もう一回」
もう一回、もう一回、時に泣き叫びながら「もう一回やり直す！」と言う
「カーハがしたかったのに！」と怒る
過去という時制が受け入れられない状態
カーハはそれをプランチボックスと呼んだ
彼女のプランチボックスをいかにして開くか
記憶の方へ送り出すのではなく……
これも家事だと思うがどうか

零時を過ぎると家族は森になった
麗しいことだ
脳を一枚捲るとあいつが天井から垂れ下がって来る
ちょうどおれの目の前でパっと羽根を広げ、プラチナの鱗粉をまき散らし
蛍光灯をチカチカさせ、時計を黙らせた
ケケロケロと啼き、ツートントンと跳ね、ニヤニヤしてやがる
顔だけ見れば猿のようだが所詮邪悪な虫けらだ、何も考えてはいない
これが支配者Bのプロフィールである
おれの涙目が言う
「カーハ、カーハ、あいつがムシばい菌だ。ようく見ておけ。ほれおきなさい、おきろ」
このあけっぴろげな森ではアホまであけっぴろげだ
そのうち徹底的に嫌気がさしてくるだろう
できれば脳が痒いと泣きわめきたい
零歳時の空白の方へもっと接近したいが
無理な相談なのか

金が欲しい
さあおまえも行商の旅に出るのだ！
モーターサイクルに「詩集」を乗せて命がけの訪問販売だ

おれは怒っているのではない。飽きたのだ。砂漠蛇の眼をした男（支配者A）は死ぬまぎわに言った。「おまえはこのまま書記を続けろ」と。だがあの赤い小冊子にはうんざりしていた。逃げても逃げても送りつけてきやがる。おれはもうガリ版に未練はないと言っておいたはずだが。「おまえたちのリーダーを連れて来い」とあの男が言ったとき、おれはロッカーから三十年分の活動日誌を引っぱり出し、この帳面どもがリーダーだと答えた。いかなる活動にも人格などありはしない。それとも別の誰かが死ねばよかったのか。活動とはおよそ崩壊の過程を共有することに他ならないと思うがどうか。実際彼らの活動は最初の十年でほぼ終結していたのである。以後は途切れ途切れの失地回復作戦を繰り返していたに過ぎない。三十年目の途切れ目などいったい誰が代表できるだろう。

「〈旅〉という字は面倒だな。〈方〉だけでいいんじゃないか？」

「では〈私〉は〈ム〉で〈君〉は〈ロ〉だ」

「だいたいわかるか？」

「ああだいたいわかる、大いに結構だ」

実にたわいのない作戦である。最初の十年を崩壊へと誘導した者は誰か？　結局は皆がその薄気味悪い影に怯えていたのだろう。そいつが真のリーダーだったと言えなくも無い。しかし過去の日誌を読む限りそれは至る所にいた。至る所で「もう疲れた」と呟く人間たちが。


「蛇男は何て言ってたの？」

「わからない。タイプライターが欲しいようだ。凄いタイプライターが」

「あなたが壊れたと思っているのね」

「いや、壊したんだ。家族を森にするために。命がけだ」

「そうかしら？」

「やりたくないことは、やりたくない」

「無理ね。あなたには何も壊せないわ。生まれながらにして腰が引けているような人物なのよ」

カーハのプランチボックス

痒い空白脳
書記係
おれにはわからないことだらけだ
あの赤い小冊子には「春色の汽車に乗れ」と記されてあったと思うが
どこに連れていかれるのか
おれは都市が好きだ
最大の都市が！
詩集
赤い泥
蛇
「シェークスピアから学ぶべきことはないの？」
「ない。大嫌いだ」
砂漠蛇の眼をした男はおれに歌えと言った
「ぶつぶつ呟くな、歌え。おまえの歌を歌ってみせろ！」
ダメだ
おれはもう咽にピストルを突っ込んでいる

手後れだ
彼らの流儀に従えばどうなるのか
〈歌〉は〈可〉か〈欠〉か
なぜこんなことになった？
支援者？
それが詩人の名か？
秒読みの手前でそいつが救いにくるのか。それともおれが支配者Bと入れ替わればセーフなのか。カーハはいつになったら詩を書くのか。延長保育がネックなのか。心配だ。金が欲しい。おれは詐欺師のような行商人に憧れる。ビクビクするな。顰蹙を買うのも立派な経済活動だ。聖書でも売り歩いているかのようにすっとぼけた顔をして詩集を差し出せ。自分の詩集を携えて他人の玄関先に立つのだ。一人で闇市を開け！

「やりなさい」

「いや、ちょっと待ってくれ。おまえに命令される筋合はない」

「やるのだ」

「おれはだらだらやってんだ。気が向いたらやるよ」

「やれ！」

「だからおまえが言うなよ」

「もう一回！」

「でもどこからやり直せばいい？」

「もう一回あそこから！」

「どこを指さしてるんだ？　あそこで時間が待っているのか？」

「ちがう、ちがう、プランチボックス！」

「ああ……」

ドサッという鈍い音がしておれは目覚めていた。天井から重たい「照明」が落下しており、傘の部分がちょうどギロチンとなってカーハの首を皮一枚残して切断していた。支配者Bの仕業か。血はみるみる溢れ出すが娘は眠ったままだ。とにかく彼女の首をもとに戻さねばならない。上手い具合にくっついてくれれば良いが……おれは「のりしろ」にぴったりはまるようにカーハの頭部をささくれた切断面に押さえつけた。なんとかなるような気がする。そう思うと、ついさっきまで蒼白だったカーハの顔に赤みがさして来た。寝息まで聞こえてくるようだが……ところでおれはいつまで押さえ続けていればよいのだろう。手を放せばポロッと転げ落ちてしまいそうだ。妻を起こ

して交代してもらうべきか。しかしこれでなんとかなりそうだ、べつだん騒ぐことも
ない。ついにおれは一睡もできなかったが……。
「おはよう。詩は書けたの?」
朝になるとカーハは何ごともなかったようにリビングを走り回っていた
妻は静かにコーヒーを飲んでいる
おれだけが血だらけになってベッドから這い出していた

「焼肉博士の詩」

僕ラガ焼肉ヲ食ベテイルト
急ニ空ガ明ルクナッテ
花火ダト思ッタノニ
博士ハ照明弾ト言ウンダ
焼肉ハモウ終ワリニナッテ
僕ラハ暗イトコロヲ探シテ隠レタンダ
暗クテ、狭クテ、ジメジメシタトコロヲ探シテ

ズット隠レテイタンダ
ソノウチ気持チヨクナッテキテ
僕ハ眠ッテシマッタ
マアルクナッテ
ソレハモウ遠クカラ見ルトチッポケナ点ダカラ
死神君ニダッテ見エヤシナインダ
夜ハ「こーもり」ノ羽根
昼ハ「こーもり」ノ眼
ドウカ僕ラハ食ベラレマセンヨウニ
僕ハ本当ハズイブン長イアイダ眠ッタフリヲシテイテ
ズルインダ
博士ハイツニナッタラ起コシテクレルノダロウ
モウ大丈夫ダヨッテ言ッテヨ
焼肉ノ続キガ食ベタイヨ
僕ガヒックリ返シテアンナニ上手ニ焼ケテイタノニ
コンナトコロニ隠レテイナイデ

ドッカへ逃ゲヨウヨ
ソノホウガイイト思ウヨ
僕ノ顔ヲ探シテ来テクダサイ
博士ノチョーニョーリョクデクッツケテクダサイ
モノスゴイ人
起キテクダサイ

「途中から書けなくなった」
「いつもそうだわ」
「終わらない詩を書いているんだ」

アンダーグラウンド
赤い小冊子の残党たち
毛布の下からもぞもぞと彷徨い出る寝ボケどもよ！
ゲルニカかマルパソか知らんがおれは凄まじくほとばしる朝の小便の二本線をこよなく愛しているぞ！

この悲惨な互助組合からはなんとしても抜け出さねばならない
夜を省くのは簡単なことだと思うがどうか
森を切り崩すのは簡単なことだと思うがどうか
何事も心掛け一つだと思うが
どうか

ガンツ

毎晩、深夜遅くまで、なみなみとアルコールを体内に注ぎ込みながら、現代詩を読んだり、書いたりしています。意識不明のようになって爆睡し、朝は仮死状態ですが、妻と娘とが代わる代わる蘇生術を試みるので、なんとか蘇っているようです。すさんでいるように思われるでしょうが、不眠症の日々に比べたらよっぽどの真人間です。蘇った私は、意識を朦朧とさせながらも、歩いて職場に行きます。毎日、定時に職場へ行く。それだけでも私にとっては奇跡的です。職場へは10分ぐらいで着きます。職場は図書館です。職員の通用口から入り、エレベーターで3階に上がり、暗い廊下を歩いて大きな事務室に入ります。事務室にも私の机はありますが、そこに座って仕事をすることはほとんどありません。わけの判らない書類が乱雑に積まれています。椅子の上に鞄を置くと、私はまた暗い暗い（ワーキング・エリアには節電バリアが張られています）廊下を歩いて「映像資料整理室」という部屋に入ります。そこにはステインベックというドイツ製のフィルム編集台兼ビューワーが置かれています。それが私の助手です。名前はガンツと言います。

ガンツの電源を入れると、普段はフィルムのフィート数などを表示するインジケーターが、その時だけ「HELLO」と呼びかけて来ます。私は英語は判りませんが、おそらく「博士、お待ちしておりました」ぐらいの意味ではないでしょうか。私の脳にもようやく電気が流れ始めました。フィルムをガンツに装顚し、ランプを点灯させ、右手の指先で操るハンドルを右側に少し倒すと、モーターがゆっくりと回転します。カウント・リーダーを送り、画頭の1駒前で止め、計測値を0にします。ここからフィルム尺の計測が始まるわけです。だいたいこのあたりで私の脳も温まっており、さあいよいよ映像と向き合うぞ、という瞬間にチャージします。

部屋の電気を暗くし、視線をひたすらビューワーの画像に集中させます。耳は、フィルムが回転体の止め具を通過するときの音の微細な変化を一つも聞き落とさないよう、だんだん尖っていきます。左手の親指と人さし指とでフィルムのエッジに優しく触れ、やはりここでも触感のちょっとした違和を感知しようとしています。そのようにして私は、フィルムの画面上のダメージ（キズ、汚れ等）と、画面には映らないダメージ

（エッジやパーフォレーション〔フィルム側面の穴〕の破損等）を同時に調べていくのです。ダメージが発見されれば、それが画頭から何フィートの場所にあるかを数値で記録し、そのダメージがいかなる状態であるかを言葉でもって記録します。これが私の昼間の言語活動です。

当然ダメージは補修されねばなりません。エッジやパーフォレーションの破損を治療するのは私の役目です。このフィルムが繰り返しの映写に耐えられるよう、補修跡が画面上にできうる限り映り込まぬよう、時間をかけて慎重に手当てします。しかしながら、画面上に付いてしまった傷はここでは治せません。傷には原版から焼き込まれたものと、上映使用等で引っ掻いてしまったものの2種類があります。原版から焼き込まれた傷は、莫大な費用を投じて原版自身の復元作業でもしないかぎり、もともとどうしようもありませんから諦めがつきます。しかし、上映使用等による傷には心が物凄く痛みます。不案内な人は、私に「どうやって傷を消しているのか」と聞いてきます。「消えません。原版から新しく焼き直す以外には」と私は答えます。もちろんちょっとやそっとの傷で焼き直していたらきりがありませんから、実際には、もはや鑑賞に堪えられぬと思われるほど傷つき汚れたフィルムであっても、物理的に映写可能であるうちはそのまま放置されてしまうのです。つまり現実的には、この傷はもう取り返しがききません。「消せない？　ではおまえはそこで何をしているのか？」と彼は続けて問います。「何もしていません。ただ嘆いているだけです」と私は答えます。

フィルムには傷が付く。いかに丁寧な映写を心掛けていても、一度映写機が回り始めたらあとは機械まかせにするしかありません。機械は容赦がありませんから、ああっと思った時はもう遅い。フィルムが切れる、傷が付いている。その傷はもう消すことができない。たったそれだけの単純な理解を前にして、ひたすら嘆き続けるしかないのだから、これが本当に仕事と呼べるのかどうか私にも判りません。フィルムという物質を「映画」として鑑賞するには、こうした諸々の不幸や代償は避けられないのですが、それでもなお永久に保存し続けねばならぬという命題に対して、私はしばしば途方もない徒労感にさいなまれます。ガンツが背にしている壁の向こうには真っ暗な無人の収蔵庫が広がっており、摂氏5℃、相対湿度40％という環境のなかで多くのフィルムが一時の眠りに就いています。眠りから覚めたら傷が消えていた、なんていう夢のような出来事は起きないものかと真剣に考えてしまいます。放り込んでおくだけでボロプリントがニュープリントに蘇る倉庫なるものを誰か発明してくれないでしょうか。

前方にある収蔵庫の暗闇ばかりを意識していたら内臓がぐちゃぐちゃになっていたかも知れませんが、幸運なことにここは図書館であり、私の背後には広大な書物の空間がありました。おかげで逃げ場には事欠きません。とりわけ地元在住の文学者から寄贈を受けた書物が配架されている一角は、いつもひっそりとしており、私が最も好むスポットになっています。過去の、しかし未知の詩集が、そこには何冊も突き刺さっている。今とは違い、詩集が書物のなかでもっとも美しかった時代のものです。それらの背を眺め、引っこ抜き、手に取り、しゃがみこんで、労るようにして頁をめくります。書物には確かな物質感があり、私の崩れかけた五感を矯正してくれます。フィルムに対する物質愛など、そもそも倒錯的な偏愛でしかなかったのだという理解がはらわたに染みわたります。そこでふと我にかえるわけです。あたりまえじゃないか。それが倒錯的な愛の対象であるからこそ、フィルムは私を魅了してやまないのだ。さあ、書物などにウツツをぬかしている暇はない。ガンツのもとに急行だ。まあ、そういうわけで、この狂おしい物質愛に溺れて、フィルムと一緒にくるくる回って、へろへろになりながら適当に残業して家に帰ります。歩いて。

フィルムが腐る病気があるのをみなさんは知っているでしょうか。「ビネガー・シンドローム」というのがその病気の名前です。これはアセテート製のフィルムに特有の病気で、現在のポリエステル製のフィルムには見られないものです。この病気にかかると全身から酢酸ガスが発生します。よくガス抜きと称して、風通しの良い日陰にしばらく置いておくと治るようなことが言われていますが、これは物質内部から次々と放出されているガスなので無駄です。人間にできることといえば、せいぜい酸化の速度を鈍らせることぐらいでしょう。それは次第に強烈な臭気を放ち、いよいよフィルムを液化させていきます。フィルムは円盤状に巻かれていますから、当然液化すれば今度は接着してしまうわけです。こうなるともう終わりです。接着したフィルムは固形化し、一枚の分厚いLP盤レコードのようになります。次に乾燥が始まり、ぼろぼろと崩れ落ち、最後は粉々になって朽ち果てるという、なんともおぞましい病気です。しかもこれは、決して珍しい病気ではありません。と言うより、極めて感染率の高い病気であり、その潜伏期間をも考えに入れるならば、90年代以前に現像されたアセテート製フィルムの99%が、すでに潜在的に感染していると考えていいと思います。私はこうした「臭いフィルム」と日々格闘しているので、いずれ「ビネガー・シンドローム」に感染した最初の人間となるでしょう。強烈な臭気を発しながら、どろどろに溶けていく身体。スモッグ・モンスターこと「ヘドラ」をこよなく愛する私（工都四日市出身ゆえ）にとって、それは最も好ましき壮絶な最期となるでしょう。そうなることは間違いありませんが、しかしいたずらに先を急ぐべきでもありません。発症を遅らせる方法が一つだけあります。さて何でしょう。酸化は表面からではなく内部から始まるというのがヒントです。毒をもって毒を制す。答えはアルコールをガブ飲みし続けることです。かくして私の一日はふりだしの夜に戻ります。

こういう生活を8年ほど続けて来ました。今の仕事に就く前も、私はフィルムを扱う仕事をしていましたので、かれこれ15年近くフィルムと共に生きて来たと言えます。扱ったフィルムは3000本を軽く超えています。巻数にすれば15000巻ぐらいでしょうか。ニュープリントから腐敗プリントまで、8ミリから70ミリまで、リュミエールから宮崎駿まで、とにかくありとあらゆる種類のフィルムに触れて来たと思います。詩集の頁を捲ることと、フィルムに触れることは、私の脳が私の指先に与える最大の特権であり歓びです。人間にはあまり触れたいとは思いません。フィルムを扱う時には手袋をしなさいと言われますが、私はめったにしません。フィルムに指紋を付けない技術と注意力を持っているからです。とにかく手袋は嫌いです。その着用が義務付けられたら、私は狂ってしまうと思います。

ところで、高校生の頃に読んだリルケの本のなかに、「詩はあなた自身の幼年期の記憶のなかにある」といったようなことが書いてありました。詩を「外」に探し求めるのではなくて、自分自身の「中」に探しに行きなさいということだと思います。幼かったむかしの自分に会いに行くのです。しかしリルケのその言葉は、若い詩人に向けられた言葉でした。記憶は失われていきます。私のなかにいた子供の私が、歳をとるにつれて、遠離り、消えて行きます。それを何とかして留めておきたい。詩を書く私はそう願うわけですが、時間は残酷です。時間の残酷にいかに抗うか。それを、私はフィルム保存の仕事で実践しているのかも知れません。失われた記憶を取り戻すこと、取り戻した記憶を留めておくこと。それが、フィルム・アーキヴィストたちの仕事なのです。

まあ病気でしょう。フィルム保存は、病人にぴったりの仕事です。一生を無駄遣いしているような気にもなりますが、しかし考えてはいけません。考えすぎると胃が膨張して爆発してしまいます。だいたい人間の身体なんてネジ一本、ビス一本でイカレてしまうのだから映写機と基本構造は同じです。何か意味ありげな等速運動を続けているだけです。その意味を考えてはいけない。考えたところで、どうせ思考は運動には追い付かないのだから。一度心臓のことを考え始めたら、呼吸のことを考え始めたら、まばたきのことを考え始めたら、おいガンツ、君ならどうなる？

ハイウェイを爆進する詩

サイドシートの男は砂漠蛇の眼をしている
さっきからしきりにカーラジオのチューナーを回し続けているが
聞こえるのはどれも得体の知れない外国語ばかりだ
狂った、馬のような声、どうでもいいが
首都ではどうやら大規模な破壊が起きているらしい
「もう雨は降らないだろう、今後、一切」と砂漠蛇男は言い、薄く眼を閉じた
乾いた眼に煙幕をはるように
眠りかけた男
眠りかけているように見える男
そいつが一番危険だ

俺は砂漠蛇男に脅迫されるまま車を走らせていた
真夏だ
真夏の昼下がり
反射神経だけで俺は生きていた
右足はアクセルを踏み続ける、砂漠男がそうしろと言うからだ
「現場に行け」と砂男は言ったのだった
だがどこにゲンバがあるか
二十世紀後半の教科書ではもはやこの地上にゲンバなど存在しないと教えていたはずだ
蛇男は記憶から無理やり引っ張り出してきたようなリボルバーを俺のこめかみに向けている
「降りろ」と言ってくれるならこんな社用車など喜んでくれてやったのだが……
人質か、この俺が
めんどくさい
さっきまでハイウェイはどしゃぶりだった
忙しく動くワイパーが雨しぶきを切り落とす

その一瞬だけが視界だった
砂漠の男は「ワイパーを止めろ」と言ったのだった
「鬱陶しいから止めろ」と
言われるままワイパーを止めた
それが合図だったかのように、雨はやんだ
「もう雨は降らないだろう」と砂漠の蛇男は言い、「さあ現場に急げ」と命令した
雨がやむと、急にラジオの音が大きくなった
恐くないと思った
俺は少しも恐くない
車はハイウェイを爆進している
俺が運転している限り、この男は発砲できないだろう
「おまえごときに何も期待していない」
「たとえ三〇年の猶予を与えたところで結局は同じことだ」
男はそう言った
似たようなことを父から言われたことがある
黙るしかなかった

咽が渇く
コーラがものすごく飲みたい
1
写真と呼べるのは子供のころの写真だけだ
2
不機嫌な顔をしてスカイラインを運転していた父の横顔をもう一度撮りなおしたい
3
写真に写った人間は人間のようだ、人間にとても似ている
ところで俺は誰から言葉を習ったのだろう
思い出せない
ゲンバとは何か
「わからないんだ。ゲンバというのは…日本語のような気がするが……」
「いいさ。もう少しおまえに付き合ってやる。そのままアクセルを踏み続けろ。アクセルとはおまえの右足が乗っている小さな板のことだ」
ようするに研修だな
ラジオではみんなが地理を叫んでいるが

しかしどこへ行くか
どこかへ行くしかない
「おまえはエンプティーという言葉を知っているか。〝空〟と〝殻〟の違いは？
〝魔〟と〝間〟はほとんど同じ言葉だと思うがどうか。誰が作った？　歴史か？　法か？　おまえか？　人間がそれからどうなったかおまえは知っているか？
地上戦は今に始まったことではない。
おまえもそろそろこの戦争に参加すべきだと思うがどうか？」
ノアの戦いだな
雨は地球の最初の恵みだったはずだが
大洪水から逃れた方舟はそれからどうなったのだろう
忘れた
考えよう
この砂蛇男の望みは何だ？
罪は？

ごいつねんたる

長かった抑留生活からの解放である。ドレイ工場の壁に最後のバッテンを刻み、おれは半島に帰った。

鉄の扉の向こうではヘラジカ君が愛車プラテーロに乗って出迎えに来ていた。

左ジャブ

「セッセンセン先生ががねんねねねんねっ眠っているあああいだにぽぽぽぽぽポエジーがシシッシシシッ消滅してしししししまいました」とヘラジカ君は言った

ジャブ、ジャブ、ストレート

「もうそんなんどうでもええねん。それよりもや、どうや、プラテーロの調子は?」

「ばっっばばばばっバッチリっす」

プラテーロの世話をこの男に任せたのは正解だった。アクセルを踏み込むやいなや、あのバロバロ感が見事に蘇って来るのが分った。これこそボディーソニックだ。

「ヘラジカ君！　キミ、イケルやないか！」

「アアア当たり前っす！」

この調子なら、あの懐かしい路地のアジトもピカピカになっているに違いない。

ボディー、ワンツー、右アッパー

しかしそれは甘かった。アジトがすでに解体されていることを、ヘラジカ君はひそひそ話のようにして告げた。おれがいない間に誰と誰が死に、誰と誰が生き残っているかということも。

クリンチ！

「おい死神のやつ死んでもうたんか！」

「ミミミ未確認ですが」

死神が死んだ？

嘘だ！

スリップダウン…

忘れたとは言わせない。死神博士の終わらない詩がカジャール王国の闇の方へまぎれこもうとしていたころ、おれは一人のアラブ男を助手席に乗せ皇居周辺を彷徨っていた。

ファイト！

抜け道がわからなくなって同じ場所をぐるぐる回っていたのだ。隣のアラブ男は苛立っていたが、一言も喋らないのでフォローのしようがなかった。そのうちおれはどうでもよくなって、このまま何も考えずに気持ちよく回り続けてやろうと思った。

左ジャブ左ジャブ、右ストレート

まあしかしそんなわけにもいかない。今度はおれがだんだん苛ついて来た。腹立ちまぎれに「これもキミらの神さんの仕業っちゃうか？」と言うと、ひどく侮辱されたと言わんばかりにやつは窓ガラスをぶっ叩いた。いったいあれは何の作戦だったのか。

ボディー、ボディー、ボディー、ボディー

おれはそのころ歯茎からの出血が止まらなくて、いつも赤い唾を吐いていた。アスファルトの上に。洗面台に。駅のホームに。第二砦の壁に。窓ガラスに。

残り十秒

そんなことを不意に思い出したのは、それが1989年の出来事だからだ。石段という石段に首からカメラをぶら下げた男が座り込んでいた。おれたちのリーダーは秋葉原に拡声器を買いに行って頭を割られて帰って来た。裏声で歌えインタナショナル？

いやもう誰も歌ってはいなかった。そんなバチあたりな歌は。

カーン!

いよいよ車での移動はやばいと言うので、おれたちも歩くことになった。それが首都を抜ける唯一の手段だとリーダーの腐りかけた脳は考えたわけだ。おれたちはそれを「冬の猿作戦」と名付けた。

ファイト!

おれは一人で日本の海岸線を南下していた。なぜ一人だったのかは覚えていない。都落ちして地下に潜るというより、やっと地上に出たという感じだった。遠足気分だったのだろう。あの時分は一切がどんよりと明るかった気がする。

左ジャブ、ジャブジャブ

とにかくおれは一人で日本の海岸線を南下していた。工場や倉庫の壁に沿って。片手にはサントリー・ホワイト。片手には義手。鉄の爪がついているやつ。おれは鉄の爪でセリーヌを読破した。ページを捲るだけで重労働だった。

右ストレート、左右ワンツー、ボディーボディー

浜松あたりでさすがにアホらしくなって、実家に泣きの電話を入れようかと何度も迷ったが、それでは革命戦士とは言えない。革命戦士?

ダウン！　ワン、ツー、スリー…

もう思い出す事もないだろう。すでにそのころからおれのテーマは「リビング&ダイニング」の発見に変りつつあったのだ。ところが死神は何を血迷ったか「コペンハーゲン」に詩的高飛びを試みたと言うのだ。ダレた詩だ。

スリー、フォー、ファイブ、シックス……

コペンハーゲンの映画館でおれは方舟から出て来る動物どもの群れに出会った。

「おまえらのリーダーは誰や？」とおれはきいた。

「しっしし知りませんっはあはあ」

「しっっしらっしらっしら」

「ほんなら子分は？」

「君がリーダーか？」

「っっっっ」

そいつがヘラジカ君だった。〈未開発です〉と顔に書いてあるような男で、誰もいないのにしょっちゅう後ろを振り向く癖があった。壁際に座らせても振り向くのだ。

ファイブ、シックス、セブン、エイト……

「セッセセン先生ひひひっひ久しぶりっす！」

「久しぶり？」

「さっささささん三十年ぶりっすよお」

会う度にヘラジカ君はそう言った。それがコペンハーゲン流の挨拶なのか、ヘラジカ君なりのなけなしのユーモアなのか、病気なのか、おれには全然わからなかった。

ファイト！

バロバロ、バロバロと喘ぐポンコツのアメリカ車を盗んでおれたちは路上に割り込んだ。べつに舎弟というわけでもないのだが、妙に懐いてくるこの男の夢を叶えてやるためにおれは一役買う事にしたのだ。そうして愛車プラテーロでの最初の旅が始まった。

左ジャブ、ジャブ、ジャブジャブジャブストレート
すなわち逆襲に転じた瞬間である。スローガンはこうだ。おれの右手を返せ！　握ったピストルごと返せ！

若き日のおれとヘラジカ君のドライビング・トーク
「デデデディランとか、ケケ結構いいっすよっはあはあっ」

「それはあかんな。言い方があかんわ。いかにも同時代いう感じや。なんか安っぽいんねん」

「ドッドド同時代ってななっなんすか？　っはあはあっ」

ボディー、右アッパー、アッパー、アッパーアッパーアッパー
「キミらリアルタイムで体験したわけやないやろ？」

「イイイ意味がわわわ分らないっす。ってでもシシCDっとかカッッカカ買いましたよおっはあっはあ」

「いやそういうことやないねん」

「ああああっジジジ実はあそうなんっすよ、アッアアあれほとんど万引きではあっはああっは。セセセセンサー外すやりかた知ってますかっはあああは？」

ラッシュ、ラッシュ！

「キミちょっと息があらいでえ。深呼吸せえや。緊張せんでもええから」

「〜〜〜（深呼吸）」

「他はどのへんが好きなんや？　っちゅうか影響受けたっちゅうか」

「そそっそうっすねえ……ああ、あああれっすあれっすビビビビーチボーイズっす」

「ホンマかい？」

「いいいやマジっす。はあココココッコピーとかしたっすマジでコココ高校のガガ学祭とかで」

ラッシュ、ラッシュ、ラッシュ!

「なんや青春デンデケみたいやなあ」

「ななんっすかデデデッデンデデンケデケって?」

「キミ、田舎どこや?」

「はあヨヨヨッヨヨヨッッヨ四日市っす、ゼンソクの!」

「ゼンソクだけはちゃんと言えとる」

「アッアアアア当たり前っす!」

クリンチ、クリンチ!

「1980年代の四日市でビーチボーイズのコピーバンドをやっとったと。ええがな。オモロイやんけ。ほんで? 東京に行ったんか? ボブ・ディランに弟子入りしに?」

「いいいいいいやチッチ違います。ヨッヨ………ヨカヨカヨッカッカイチでボ……………ッボ…………ボッ」

「冗談やがな。ほんでええと……何や、高校中退して東京の音楽専門学校に入ったわけや。ボンボンやのう。せやけど専門学校でボーカル習うてロックバンド目指すっちゅうのもなんかなあ。この辺の経歴はなんとかならんか? 他のメンバーもみんな同じ学校なんか？」

「そそそそうっす」

「はい、もう一回深呼吸して」

「〜〜〜」

ダウン！　ワン、ツー、スリー…

「うーん、難しいのぉ。キミのボーカル以外は実際どうってことないねん。まあ腕はしっかりしとるで、それは、何言うても学校で習っとるわけやから。せやけどただそんだけではゼニにはならん。まあ本音言うたるとキミだけピンで売り出したいんや。どうや、その辺？」

「ピッピピピピンっすすか！　っはあっはあはあ」

「そやねん。個性的言えば個性的やからのぉ」

「ママママずいっすよソソそれはっはあはあはあっ」

「義理があんのんか？」

「アアアア当たり前っすっはあはあ」

スリー、フォー、ファイブ、シックス……

「せやけど考えてみいや。なんでよりにもよってキミがボーカルしとるんか。彼らはなんでキミをボーカルに仕立て上げないかんかったのか。わかるやろ？　キミら反則スレスレやねん」

「わわっわっわわ…」

「この業界、生きるか死ぬかやでぇ！」

「ししっしし…」

ファイブ、シックス、セブン、エイト……

「とにかくキミはわしを信じとったらええねん。悪いようにはせんから。友人なんかおまえ、今のキミには必要ないでぇ。必要なんは有能なプロデューサーや。ちゃうか？　ビッグになって、金持ちになって、ほんであいつら見返してやればええんや！」

「ミッミミミイミミッミ……」

「できるか？」

「デデデデッデッデ……」

「できるかキミに！　おい！」

「デッ……デッ……ッデデデデデ…」

ファイト！

「ほな最後の深呼吸や。ここからは本番のつもりで行ってみよか。ダテに職安通り流しとるわけやないでえ。窓の外は泣く子も黙る大東京や。町中のあっちゃこっちゃにクリエイターどもがいとる」

「クククリエイターってななななんすか？　ああああ新しいババッババッバッババンドのンメッンメッンメンバーっすか？　あはああああははっはああ」

残り十秒

「ちゃうわドアホ！　これは言ってまえば一種のオーディションなんや。ほれ、あっこで信号待ちしとるおっさんがおるやろ。茶色いセビロの。わかるか？　あれはやなあ、日本中のガキどもにロックスピリッツの何たるかを叩き込んだと言っても過言ではないような大物クリエイターや。さあ、ビッグチャンスや！　あのおっさんにキミの叫びを聞かせたれ！　シャウトしてみい！　キミのスピリットをここで吐き出すんや！」

「アウッ……アウッ……」

「ほな窓あけるでえっ！　ゲットするんやあ！」

「ッッッッッッッッッッッッ！！！…………………」

小爆発

「おい大丈夫か？　おい！」

「ッツッツッツッツッツッツッツ！」

「キミ、ウーロン飲めウーロン！」

「ッツッツッツ…」

カーン！

「キッキミおお落ち着くんや。深呼吸してみい。いや普通の呼吸でええ。無理すんな。そうそう…」

「っはあはあああはっはあっはあはあっは……」

「…なんもキミ、泡吹くことないやないか。思わずアクセル踏みそうになったわ。たのむでホンマ」

「ああああああアカペラでうっうっうう歌うんすか？」

「ええわもう」

ファイト！

「いいいいやだだ大丈夫っす。ううう歌います。でっでででははええええエーチャンのななナンバーから」

「何やキミそれは？　ででディランが好きっす！　っとか言っとったやないけ」

「いいいいやじじ実はええええエーチャン本命なんっす」

「ダメダメ全然。テイストぶち壊しや。それよりもや、キミほれあれや、オリジナルがあったんちゃうか？　こないだ《コペンハーゲン》のライヴでやっとった」

左ジャブ、クリンチ、ジャブジャブクリンチ

「あああああれミミ見とったんすか？」

「せやから声かけたんやないけ。アレなんちゅうタイトルやったかのお。ほれ、サビのとこで〈おまえらみんな正座せぃ！〉って叫ぶやつ」

「どっどどどっドイツネンタルばばヴァバヴァヴァージョンフォーっす」

クリンチ、クリンチ、クリンチ！

「せや、それや。ほんで？　ドイツネンタルっちゅうのはあれか？　なんかイデオロギーみたいなやつか？」

「んなッんなんなんすかいいいいイデオロギーって？」

「ヴァージョン4っちゅうことは1から3まであるわけやな？」

「ゼッゼッゼン全然わわわ分らないっす」

右こめかみ出血！

「キミが作詞したんとちゃうのんか？」

「ぱぱっぱぱっぱっぱっぱぱパンクやってるやつにかかか書いてもらったっす」

「パンクやってるやつって…キミらはパンクやないの？」

「ちちちっちっちがいますよお！　ぷぷぷプログレっす」

「プログレってキミ、メインでバリバリ歌ってるやん」

「…ぷぷプログレっすよお……」

「キミ正味アホだろ？」

ダウン！　ワン、ツー、スリー…

「あああアホい言うやつがあああアホっす」

「さっきから聞いとってもなんも一貫性ないがな」

「ななんなんななんっすかイッカンセーって？」

スリー、フォー、ファイブ、シックス……

「とにかくキミは歌っとったんやッて。まあようは聞き取れんかったけどな。〈キチキチバッタのクロニクル〉とか〈キミかヘタレの井上君は〉とかな。なんも意味わからへん。せやけどそれがええねん」

「っっそそんなかっかか歌詞アアアありませんっす…」

レフリーストップ！

「そのパンクの彼はなかなか才能あるんちゃうか？　彼の詞は買いやな。一度会ってみたいのお」

「アウッ…アウッ…」

「彼と連絡取れんか？」

「ボッボッボッボクはドドドどうなるんすか？」

「知らんがな」

敗者退場

ドレイ工場の壁に最後のバッテンを刻み、とにかくおれは半島に帰った。コペンハーゲン時代からの友人ヘラジカ君がたった一人で出迎えてくれた。

「ほんでどうする？　これからどこ行けばええんや？　もういっぺん東京連れてったろか」とおれが言うと、ヘラジカ君は脱水機のごとく首を横に振り続けるのだった。

本当に可愛いやつだとおれは思った。


脳内ファイト！


しかし、おれたちにいったい何ができるのだろう。とにかく第三の砦が必要だ。

「ボボボ僕のここここ工場にキキキキ来てください」と彼は言った。例の自信満々の得意顔である。この男は何の根拠もない時に限ってこういう顔をするのだ。

「僕の工場っておまえ、どこぞの潰れた工場勝手にネグラにしとんちゃうんか？」

カーン！
死神博士の終わらない詩は
エンペドクレスという名のホテルに収容されたまま
ゲロを吐き続けているだろう
拘束衣の父が走り回っている長い長い廊下に
冬の夕陽が落ちる
さぶい
さぶすぎる
「これからは反哲学で行くでぇ」
「ササササ賛成っす、アアアアありがたいっす」
逃げ腰の男たちが新しいリーダーを探し求める死神の詩のなかで、おれはいつになったら「リビング&ダイニング」へと辿り着けるのだろう。
もう死んだって？
嘘だろ？
東京に行けば町中のビルというビルの窓に「タレント募集」というはり紙がしてある、というヘラジカ君情報は結局はガセだった。東京が募集していたのはタレントではなく「テナント」だったのである。下ばっかり向いて歩いているから見間違えるのだ。あの男のせいでおれまで東京からバカにされてしまった。そのころのヘラジカ君の詩に「夏休みとプラチック」というのがある。それはプラスチックだと何度教えても彼はプラチックを改めようとはしなかった。

ニッポン脳炎バンザーイ！

という叫びが痛々しい詩であった。まあいい、とにかく彼の言うところの「工場」へ急ごう。ここからが勝負だ。ここから、時制で言えば現在に近い物語が始まる。さあ始めよう。

ヘラジカ君に導かれるまま連れて行かれた工場とは、廃車置場の片隅の空き地だった。そのスペースに陣取って彼はとてつもない何かを生み出そうとしていた。

「ばっばっばあばばバイクせせせ専門っすっあはあは」

「なんじゃこれは！」

「ももももモンスターばばばバイクっすはあはああっは」

「おまえこれ……おい、これみんな走るんか？　めちゃくちゃやないか！」

「はははは走りますよおぜぜ全部、あああ当たり前っす！」

「凄いのお……マッドマックスみたいやんけ」

「ほほほっほほらアアアアアあれ」

「うおおーッ！」

「いいい一番のジッジジッ自信作っす。なっなっなな名前はれれれれれレギオンっす」

ヘラジカ君がレギオンと名付けたこの世のものとは思えないモーター・サイクルは、破裂した内臓を無理矢理に接続したかのように膨れ上がっており、それら配管、配線の一本一本は、何らかの有機的な器官を形成しているのか、単なるデコレーションに過ぎないのか見分けがつかないほど精巧に入り乱れていた。それ全体として一個の化学プラントを思わせるようなグロテスク極まりない造型は、「近代化」の過程が体験した反自然こそを表現しているのだと言って良い。おれはレギオンの前に呆然と立ちつくし、もはやプラテーロの時代ではないのだということを一瞬のうちに悟った。ヘラジカ君はここで限り無く生命体に近いものを創造しようとしていたのではないか。

「…………これキミちょっとやりすぎやでえ。しかしまたえらいもんこさえてしもたるがな、ええっ？　執念としか言いようがないでホンマ」

「ヨヨヨ要はれれれれレゴぶぶぶブロックとおおお同じっすよおはあはあは」

おれは感動していた。と同時に、「このヘラジカでさえ」という思いに悶々としていた。このヘラジカでさえ何か偉大なことをやろうとしている！　一気に焦燥感が襲ってきたようだった。おれがモタモタしているうちにとんでもない時間が経ってしまったのではないか。とにかくこうなったら一刻も早く死神博士を捜し出さねばなるまい。工都のクソ闇はまだおれたちを見捨ててはいないだろう。よし、そうと決まればここで千年戦争を再開しよう。

棄てよ、機械の軋轢を
いざ闘わん、兄弟よ
ロンドンで、ブダペストで、パリで、ベルリンで
スペインのジュリアン・グリム
ペルーのユーゴ・ブランコ
ブラジルのマリゲーラ
アルジェリアのアバン・ラマダン
ベネズエラのダグラス・ブラボー
コンゴのパトリス・ルムンバ
キューバのチェ・ゲバラ、シエンフェゴス
プエルトリコのヤング・ローズ戦士

カリフォルニアのチカノ運動戦士
ウルグアイのツパマロス戦士
アイルランドのＩＲＡ戦士
ベトナム、ラオス、カンボジア、インドシナ解放戦線の革命的戦士
ローデシアの革命的戦士
ベンガルの革命的戦士
ベラ・チャオ！
誰が誰か？
誰だおまえら？
「ヘラジカ君、ここいらで記念写真撮ったるわ」
「ぽっぽぽポーズききき決めますか？」
「ほな地面にこう、うつ伏せに倒れてみ。『エデンの東』のジェームズ・ディーンみたいに」
「かっっかか顔もとっとと撮ってください」
「ほんなら顔だけ上げえや」
「んなんなっなっなんかこれううううウミガメみたいちちちちちゃいますか？　エ

エエエエええんですかコココこんなんで?」

「ほな撮るでえ、エデ~ン言うてみ」

「エッエッエッエエエエッッッ…」

ダメだ……

設定に無理がある
最初からやり直すしかないのか
君たちのリーダーは誰か?

君のライバルは誰なのかね?

ピストルはどうやって手に入れるつもりだ?

死神博士のエンペドクレスの詩

この道ばたの花は
なんて清らかで美しいんだろうね
なんてキモラカで、ズズグジイんだろうね
通りがかりのモーターサイクルの青年がこそっと言ったよ
「僕の名前はエレジです」
君にはそれが「ポエジ」に聞こえたのかも知れないね

ゆめ
おじぞうさん
月桂冠
松竹梅
久保田の紅寿、千寿、萬寿
出羽桜の雪まんま……
そうやって晴れやかな脳は死んでいくのだろうね
ギトギトのビーフジャーキーをかじりながら
私はある映画について考えていたんだ
モンスターバイク・レギオンの映画だよ
１９９１年冬
君はついにコペンハーゲンの港から蟹工船イサハヤ丸に潜り込み
手ぶらで帰還しようとしていたんだ
雑魚寝の船室にゲージュツ家どもを集めて
「おまえらみんな正座せい！」と叫んでいたね
「ウサギ先生の言う事を聞け！」と

そのころレギオンに乗ったおとなしい青年ポエジは
「映画にでる」と言い残して
日本の地方都市をうろついていた
誰かが死ぬ
という彼の予言は毎日当たることになるんだ
それがあの戦争だよ
レギオンの映画のなかで
青年はとてもおいしそうにコカコーラを飲むんだ
コカコーラは革命戦士の歌にも出て来る
まぬけな王様ダゴベール
ま冬に咽がかあらから
エロワ僧正いいました
「ああ王様よ王様よ
冬でも咽は夏砂漠
足りないものはなんでしょね」
王様うなずきいいました

「スカッとさわやかコカ・クロラ
ヘロインよりもいいきもち」
コーラをクロラと呼ぶ国があるんだね
いい勉強になったよ
私はこれを読んで
「ヒューマンライフこまわり君
海岸通りの糖尿病」
という日本の詩を不意に思い出してしまったよ
ちっぽけな憤りとアルコールとで内臓がぐちゃぐちゃになってしまった君には
あれもこれも
耐え難いことなのかもしれないね
早くコンビナートに帰りなさい
ウサギ君
もういいから
ダメダ…
アア脳ガ…カシニョール…

誰カポメラニアン…

グリンヂ…グリンヂ…ギブ…

ギブダ…

ペラジガグン…ダジュゲデグレ……

「パパ、コンビナートって何？」

「光がいっぱい集まってる大きなお船のことだよ」

「そこに行けば何があるの？」

「たぶん映画をやってる」

「どんな映画？」

「子供の映画」

「ピカチュウ？」

「残念。子供たちが先生にいたずらする映画だよ」

「どんないたずら？　誰がでてるの？」

「よし、じゃあヒントを出してあげよう」

遠隔操作でクイックイッ、これ誰のこと？

ヘビ皮ヘビ顔ヘビ子さん、これ誰？

カジャール王国訪問、女王様気取りで総スカンを食らったのは？
自作ポエム付きの初エッセイ集、題して「死者の書」とは如何？
ジェットコースターでランランランランランランデヴー、いったいおまえらどこへ逃げる
つもりか？
調子に乗ってガシャン、グッチョン、ベロベロ、これ誰？
誰が誰？
おまえ誰だ？
三行以内で書いてくるべし
赤エンペツ不可
望遠鏡持参
サンダル厳禁
おやつは三百円まで
現地集合
家族離散
雨天決行
以上！

卑屈の精神

もちろん私たちは少しずつ幻滅して行ったのではない。そういうことは起こり得ないのだ。つまり幻滅というのは……

絶望とは違う。それは、絶望は、ゆっくりと進行するものだ、絶望というのは、そういうものだ。私たちは少しずつ幻滅して行ったのではない。私たちは最初から幻滅していたと言う事ならできるかも知れぬが……

つまり幻滅というのは不意に更新されるのだ。新たな幻滅が突然降りかかる。それは雷に打たれるとか、誰かを轢き殺してしまうといった事に似ているかも知れない。あるいは日記を読まれてしまうとか傘を盗まれてしまうといった、より些細な事に似ているのかも知れない。

いずれにせよ、私たちは不意に幻滅するのだ。

そして発見する……

何を？

可能性？

いや、もっと単純なもの、転倒したビジョン……たとえば車を焼死体や轢死体のように路上に裏返してみせるとか。まあその程度のことだ。

轢死＝歴史ってわけね。

今となればそういう事も言えるだろう。私は声高に語るつもりはないが、あの映画が五月革命を予見していたというのは、たとえば「バリケードの夜」の翌朝を撮ったあのラテン街の写真一枚が証明しているだろう。だがそんなことはたいしたことではない。兆しは至るところにあった。パリ在住のコミュニストなら誰でも予見し得たはずだ。

私の考えは単純なものだ。『ウィークエンド』というのは「停滞」を巡る映画になるはずだった。そのために私は多くの「動かない車」をかき集めねばならなかった。どんな車でもいいというわけではない。だからこの映画は何百台もの「動かない車」のオーディションから始めたのだよ。見事合格した車たちを私はパリ郊外の農道に並べたわけだが……そう、だからラテン街に並べる事はできなかったのだし、たかだか3

００ｍの停滞に過ぎなかったというわけだ。

それは絶望？　幻滅？

ちょっとした絶望にすぎない。つまり、どうせうまく行かないだろうと思っていた。問題はそれで映画が終わってしまったということだ。停滞を巡る映画はそこで終わった。主人公たる夫妻が運転する車はその停滞の最後尾で時間を持て余したまま、フィルムともども焼き切れるしかなかっただろう。だが彼らがいかにその間延びした時間に耐え続けようとも、フィルムは回り続けるしかないのだ。そこで私は彼らに停滞を許さないことにしたんだ。より時間を間延びさせるためにね。

彼らは渋滞した車の列を狡猾にすり抜けて、さらに迂回する。迂回というのは、君も経験があるだろうが、おおよそ間違った判断だ。それで時間が取り戻せると思うのは、おそらく幼稚な万能感から来ている。この種の万能感を人間はいつまでたっても克服できない。農道の迂回路を颯爽と走り去る彼らの車こそユリシーズの末裔なんだ。ここから映画は、誰もが経験しているはずの迂回の徒労を巡ることになる。

物語が欠落していくわけね。

いや、欠落ではない。これもちょっとした逸脱なんだ。物語は至極単純だ。私は単純な物語しか語って来なかった。ストーリーは単純にしか語り得ない。三行で充分だ。

それが映画産業のフォーマットなのだよ。三行で語り得ない物語なんて映画には存在しない。なぜならそれは読まれるものではないからだ。そして常に進行していなければならない。劇映画とはそういうものだ。

三行＝産業？

どうでもいい。日本語は嫌いだ。

資産家の娘が父親を巧妙に毒殺して遺産をぶん取る。

それがこの映画の物語なのだが……

ほら、見たまえ。たったの一行だ。三行どころではない。しかしそれだけでは足りないことも事実なんだ。実際この映画には彼女の相棒も登場させねばならない。彼女以上に滑稽な存在としてね。そして最後には、彼女とその相棒は母親を殺さねばならないだろう。そもそも彼らには父の遺産を正当に相続する気など無いのだからね。だがそれだけの物語ならば30分程度の短編にしかならない。そこで労働者としての多くの映画作家は考えるわけだ。彼女の生い立ちとか、相棒とのなれそめとか、彼女と相棒がそれぞれにしている別の恋愛であるとか、それによる人間的な葛藤とかね。あるいは週末ごとに行われていた少量の毒物投与をちょっとしたサスペンスとして描くとかね。

ドラマツルギーね？

いやそれ以前の肉付けのことを言っているのだ。描築とでも言えばいいのか。つまり私はそうした類いの労働は一切放棄することにした。その代わりに一見無機的に見えるエピソードを挿入することにした。それらは物語に奉仕しないものの、ある種の世界像には従順なのだ。だからあれら繋がりを欠いたコントの羅列は、私たちの生そのものだと言ってもいい。私は主人公の夫妻が母を殺したところでこの映画を終えることもできた。物語はそれで果たされているのだからね。だが私たちの生は物語のように終わることはできないんだ。常に何らかの暴力の介入に曝され続ける。理不尽なね。

確かにそうね。でも映画の多くは90分から120分の間で終わるでしょ?

だが君は3分後に死ぬかもしれない。左翼ゲリラどもに拉致されてね。ようするにコミックの世界像の中に君や私たちはいるということなんだ。今やコミックは世界史年表などより遙かに厳密な時間の抽出に成功している。だから『ウィークエンド』というのは形式的にはコミックの再現だった。あるいはコミックへの嫉妬を形式化したと言うべきかもしれない。だが、それも着想の一つに過ぎないとも言える。『ウィークエンド』の話はもうこれぐらいにしておこう。結局私はあまりにも文学的過ぎるのだ。私は一度も政治と向き合ったことはない。アンガージュマンというのは家畜のことだからね。映画においてはむしろ歴史と向き合うべきだと考えていた。しかし文学と歴史を分離することはそう容易いことではない。未だに歴史は書かれ続けている。書くという行為によってそれは常に卑しめられる。私は絶望無しに人間の顔を見ることができないんだ。……結局は幻滅を待つしかない。「退屈な自然」に退屈するという身振りでね。

その反動が『楽しい科学』なのね。

とにかく私は革命について語った。しかし戦争についてはついに語り得なかった。私はアメリカ人のように戦争映画を撮ることができなかったし、これからもできないだろう。トリュフォーやリベットやロメールにも同じ事が言える。だがロッセリーニのようにであれば撮れるかも知れないと思った。結局は間に合わなかったがね。そう、間に合わなかったんだ。それで私は教育について考えることにした。戦争の代わりにね。68年のことだ。

あなたはTVの残酷をすでに意識していましたね？

そうでもない。TV的な残酷さを意識したのはむしろビデオと出会ってからだ。あの映画ではTV的な限定、奥行きの無さ、再現性の無さに新たな可能性（それを幻滅と言い換えてもいいが）を見出そうと思った。小さな箱を意識するということだ。そしてそれはオン・エアーという投影の仕方で一回だけ垂れ流されるものだと考えていた。

それはひょっとしたら人々の記憶に残るかも知れないが、記録されるものではない。すなわち教育装置そのものなんだ。

まさにそうね。だってあの映画は少しも楽しくなかったもの。多くの授業がそうであるように、私には退屈で、苦痛だったわ。

そうかも知れない。だとすればそれは、あの映画が二つの事柄の間に起きる葛藤だけを記述しようとしたからだろう。映像と音響、映画とＴＶ、詩と散文、この革命とあの革命、この階級とあの階級、男と女……。

そして失敗した。

失敗？　いや、そんなはずはない。

でもあなたは失敗と言ったのよ。より正確にはジャン＝ピエールにそう言わせた。映画の最後にね。

いや、それは違う。失敗などということはありえない。なぜなら、もう一度言うがあの映画は記述の試みだったのだから。記述という行為自体に失敗があるとすれば誤字ぐらいのものだろう。だが誤字と失敗は違う。

……そう、たしかにあの時代は街中が誤字だらけだったが、それは単に記述が考察に追い付かなかったというだけだ。そしてあの時代は、誰もが路上に立ち尽くしているかのような錯覚に陥っていた。実際のところ、私も含めて、誰もが部屋の中の暗がりに身を潜めていたのだが……。

そしてTVを見ていた？

いや、考察していたのだ。そして記述を試みようとしていた。

誰が？

ジュリエットとジャン＝ピエールが。

あの映画は7日間の物語になっているわね。

シナリオ上ではそうだったかも知れない。

7日間で革命は達成できると？　あるいは7日間で世界は消滅する？

いずれも不可能だ。二人にできることはせいぜい「出会う」ということだけだ。そして出会った瞬間に彼らは別れるだろう。彼らは再び一人に帰っていくしかない。だってこれは映画なのだからね。「さあもう投影の時間は終わった、さっさと出て行ってくれたまえ」というわけだ。

TVではそういうことは起きないでしょ？

君が望めばね。そう、ずっとここにいることができる。だがそれはあまり健康的なことではない。革命的なことでも。

そうかしら？　ある種の精神にとってはユートピアになり得るわよ。

君はユスターシュのことを言いたいのだろう。たしかにあの映画の中のジャン＝ピエールはユスターシュなのかも知れない。彼もまた部屋の暗がりのなかで無数の声を聞いていたのだろう。そのポリフォニックな音響の洪水を……。

孤独を飼い馴らすため？　それとも女性とすれ違うためにかしら？

ある種の強制が必要だったのだろう。精神の監禁とも言うべき……だがそれは彼自身が選んだことでもある。つまり急激に老いるということを……。

残念なのは彼の内部に自由地が存在しなかったということだ。それは、ようするにフロリダのような場所だ。

あるいはドバイね。あらゆる労働から解放された約束の地。老後の時間……それともスイスかしら？　そこで死を待つのね、ゆっくりと……。

『楽しい科学』の話に戻そう。あの映画は……実際あれは映画という以外にないし、今でもそう思っているが、あの映画は資金調達の手段でもあった。同時に借金返済のね。TV局というのは、ちょっとした着想に信じられないような予算を組むものだ。私は大いに節約に励んだものだ。手を抜いたというわけでもないが、おかげで望外な利益をあげることができたという次第だ。

それこそが『楽しい科学』の主題であったと？

まさにそうだ。そしてそれは、私たちの主題だったのだ。スコリモフスキーが、ベルトリッチが、ストローブが、そしてグラウベル・ローシャが世界中で同じ主題と闘っていたのだ。

革命にはお金が必要よね？　武装するお金が。そういうこと？

問題は何によって武装するかだ。キャメラもその有効な一手段だとは思うが、結局は言葉なのだ。言葉を獲得するには莫大な費用がかかるということだ。印刷するお金もね。それから移動するお金……つまり教育だ。とにかく教育にはお金がかかる。そして時間が。私は大学の解体なんて実はどうでもよかった。それは国家が学生どもにさせようとしていたことでもあったのだ。国家自身が解体するかわりに大学を差し出していたということだ。ある種の欲求のはけ口としてね。

そうかしら？　あなたは「時間」こそを解体しようとしたのではないの？「時の中にはなにか屈辱的なものがある」とあなたは言っていたわ。

いや、ジャン＝ピエールが言ったのだ。

同じ事よ。私はその言葉に敗北を嗅ぎ取っていたのよ、すでにね。

私が敗北したと？

たぶんね。幻滅が人間を成長させるというのも嘘だったわ。ありがたいことにわたしもその程度の教育は受けることができたってことよ。あなたの映画のおかげでね。

そうかな。歴史の前では誰もが敗北する。だが人間は歴史を語ることでその敗北にケリをつけようとするだろう。政治は常に進行中の虚構であることで「語られた歴史」を後押しする。革命は「語られた歴史」の更新を意図しているが、自ら政治と法によってその虚構を補完的に反復するしかないのだ。その反復を穿つものがテロだとしても、おそらくテロでさえ人間たちによって歴史化されるだろう。総ての美しい欲望は自死へと至る魂によって排除されるしかないのだし、結局は誰も勝利しない戦争というものを夢想するしかないのだ。その場所では『ウイークエンド』は終末を意味する。『楽しい科学』はその終末を持続するための賭けであっただろう。そしてその賭けは、核兵器が優れた比喩であった時代が終わっても続くのだ。仮に死が平等に与えられるなら、私は地球が爆発しても構わない。時代は回転する円盤によって常に更新されている。UFOとは地球そのものなのだ。むろんレコード盤もCDも、そして映写されるフィルムも。私たちの生はモーター・ドライヴによって再生されるか投影されるしかないような「脆い」時間を耐えているが、無限に達成不可能な前提が課せられていることを忘れてはならない。すなわち切断とジャンプだ。モンタージュはそれを単に可視的にしたに過ぎない。映画に可能なことのほとんどは人生では不可能なのだ。その残酷を思い知るなら、君の幻滅はありきたりなものだ。それは魚の幻滅や鳥の幻滅にも劣るだろう。人間の脳は記憶を喪失し続ける能力だけには長けている。映画のようにね。だが現実は何も終わらない。よって革命という革命は友愛の歌によって絶望を表現した。長い長い夜の果てにだ。

そしてジュネはパレスチナで死んだのね。

いや、それは想像力の腐敗だ。彼はミラボー橋から死ぬこともできた。「アンフォアレ」な精神によってね。君はアジビラが舞う都会を歩いたことはあるかい？　無いとしても想像することぐらいはできるだろう。

孤独をね、孤独を想像するの……。

いつだって軍隊は影のようにつきまとっていた。そして軍隊はビデオを発明した。人間の営みの一切が監視されるんだ。衛星によってね。それも楽しい科学だ。人間は脊髄からダメになって行く。俯瞰では顔が見えないのだからね。つまり脊椎と脳が、その関係がダメになって行くということだ。

フィルムは最後には液化するでしょ？　人間もそうであるべきかしら？

それは違う。フィルムは最後には砂になるのだ。人間もね。液化はその過程にすぎない。科学は自然を愛し過ぎた。私たちにはまだ幻滅が足りないのだ。退屈がね。地球は砂に絶望したりはしないだろう。だから人間は宇宙を夢想する。人間に切り取られた宇宙のなかで、ビジョンは宇宙自身の映像へと至る長い廊下を歩いているのかも知れないね。パレスチナのように。

青猫以後

そうやって
ね、
朝が来てしまう
緑色をした
緑色の顔をした
緑の…

夜のおまえは膝ッ小僧の上に小さな顔を乗せて。部屋の片隅で、ベッドの上で。祈っている？　まさか。冗談でしょう。そんな習慣はありません。祈る言葉なんて持っていないし、祈りの仕方も教わっていない。吐き気をこらえながらただ壁をじっと見つめているだけ。ね。そんな夜ばかりが続く。ずっと。これからも。

誰かと会えば少しは違う？　わかっている。でも会いたい人なんかいない。強がりではなくて。本当にいません。時におまえは誘われて夜の街について行くことを想像してみる。どんなに恐い目にあっても部屋に帰るよりマシだと思う。夜の街は好きか嫌いか。大嫌いだ。汚れているから。汗の匂いがするから。昼も夜も、街なんか嫌いだ。人がいるから。うようよしているから。大好きなアスファルトのタールの匂いを、彼らが消してしまうから。それでもやっぱり部屋にいるよりはマシだと思える。この部屋は自分の部屋ではないから。とりあえずの収容所に過ぎないから。

ね、

収容所。

電話線にハサミを入れた時の解放感、というか安堵の気持ちが全てだったのではないでしょうか、とおまえは語った。まるで他人事のように。全てはその瞬間に終わったのだと。そして背後のない不安に入って行った。おまえはそれ以上を語ろうとはしない。というより、もう語ることなど何も残されていない。何も起きない。ね、カラッポ。この部屋でおまえは言葉を失っていく。通信の途絶えた部屋で、壁紙から滴る不安だけに支配された部屋で、おまえはもう一度おまえのなかに閉じ籠ろうとするが、おまえ自身であるはずの「袋」はすでにぼろぼろに綻びていて、その綻びから誰かが入ってくる。

誰か?

ジャスミンおとこ?

ポランスキー?

アントナン?

いやそんな素敵なものじゃない。毛むくじゃらの、強引な腕をしている。

土人?

土人なの?

土人のコビト?

奇形の猿?

いやもっと卑しいもの。たぶん、もっと卑しい。おまえはその卑しいものに手紙を書こうと思い付く。言葉を取り戻すために。彼の精神の汚れ具合を確認するために。そして紙の前に立ち尽くすのだ。夜の白い壁を凝視するように。そして何日目かの夜に、ようやくおまえは最初の一行を書いた。

アンドロメダ教授、わたしはまだあなたの名前を知りません
おまえには予感があった。その「書きもの」は日記に似るしかないだろうという。よせばいいのに、おまえは久しぶりに午後の街に出てしまう。自分にふさわしい日記帳を探すために。おまえが書くべき紙と出会うために。おまえの名前が刻まれた本と出会うために。だから、ね、結局は探しているうちに厭になってしまった。よくもこんなつまらない思い付きにおびき出されたものだ。日記なんて。ね、やっぱりそうでしょう？　無理だ、おまえには。

ひもるかとの日々はうつつ
太陽とにるにらすものの
そのうしろでに湿るひとふさ
わたくしにしめしろすゆかり
もるひねの淡いとろろに
あるまじろう肉々
なんなんと
へりゆくぽぽろんのあわい
すべられる火、声
じだんがだんだ
じだんだがだんだ

スナメリのどたまににて
しゅるるんとすべらかにのがれよう
春よ春よ
鰐になってかけていったよ
それでおまえは安い洋酒をしこたま買い込んでいつもの部屋に避難する。いつもの収容所に。そして義務のようにTVをつける。TVの中ではみんな笑っている。ニュースキャスターまでもが笑っている。何がそんなに笑えるのかおまえにはちっとも判らない。判っても仕方ない。おまえはリモコンを気忙しくピコピコやってスポーツ番組を探す。解説の言葉が鬱陶しいので消音にする。そうする間にも早く「赤い防腐剤」が欲しい。欲しくて身体はたまらない。大急ぎで安ワインをその華奢な体内に注ぎ込まなくては。ラッパ飲みで。スポーツになんかまったく興味はありません。ルールが判らない。判ろうとする気が無い。根源的にだ。若い逞しい猿たちが走り回っている。それをただ眺めていたいだけ。スタジアムの残酷を部屋のなかに招き入れたい。光だけのその小さなスタジアムを。おそらくあの猿たちは罰を受けているのではないでしょうか。おまえのようにか？　違うね。おまえは彼らと少しも似ていない。
さあ、死のう。

死ぬかわりに、この夜にふさわしい音楽をおまえは探すだろう。山積みになったCDケースを崩して、おまえはあれやこれやの音楽を試すに違いない。あれでもない、これでもない、という身振りがしてみたいのだ。この耐え難い時間をやりすごすために。そしてもうさんざん聴き飽きたつもりの音楽にようやく再会する。仕方なく。今夜のおまえの命を救ったのもシューマンだった。「子供の情景」か。恥ずかしく思え。だいたい泥酔しすぎだよ。

そうやって

ね、

朝が来てしまう

緑色をした

疲れ果て、疲れ果て、ようやく眠りが訪れようとしているのに、おまえにはおまえの仕事があって、それを放棄してしまえばどんなにか健康かと思うが、できない。生活のために？　いやそれだけではあるまい。社会は、おまえを許しはしないとおまえは思っている。ね、違うか？　とにかく死に物狂いでこの朝を肯定しなければいけない。嘘でもいいからこの朝を、世界を、肯定してみせなくてはならない。そうしないと一歩も外へ出られません。もう出なくたっていいじゃないか？　それもダメ。部屋がお

まえを吐き出そうとするから。気持ちの悪い、何を考えてるのか判らないおまえを、
この収容所は少しも歓迎していないから。さあもう朝だ、出て行ってくれたまえ！

僕はヘビだったし
ネズミと呼ばれたこともある
もうすぐミミズになる
君はテントウムシがどうやって越冬するか知ってるか
コンクリートのひび割れのなかにぎっしりと詰まって
赤い丸いのがごじゃごじゃと蠢き合って
「暖」をとるんだ
そうやって時間をやりすごしているんだよ
まるで赤い小冊子のようだった
君の私小説は誰も書いてはくれないだろう
人間は間違っている
戦争だけしていればよかったものを
狂気に歴史なんかないよ
ないと思うよ

この数日眠らずに（というのは嘘だが）色々と考えてはみたよ。どう考えても主食がリゲインというのはマズイな。せめてユンケルにすべきだろう。おれは結局テキトウにやっているよ。仕事には行っても午前中は人目につかないところでゴロゴロしているわけだからね。スポーツ新聞なんか読んでね。羨ましいかい？　だっておれはそういう職場に潜り込むためにこの十年間を棒にふったんだぜ。これも一種の徴兵忌避だよ。文学的な？　いやそんな小綺麗な態度では何もできないね。ここは徹底的にグジャグジャ行かないと。亡命だよ亡命。国内亡命だ。とにかく酒なんかおまえ眠り薬に過ぎないのだから、それでも眠れないのなら別の薬を処方してもらわないと。いいかげん死ぬよ。

カンタベリーの

カ

べつに希少本のコレクターというわけではないのだよ、おれは。基本はやっぱり文庫だ文庫。「雑誌と文庫と文房具しかないような町の本屋」で何が発見できるかだ。おまえは田舎暮しに辟易としているようだが、思い上がりもいい加減にしろよ。まあ本ならいくらでも送ってやるが、ヤケになって存在しない本までリクエストするのはやめてくれ。まあいざとなったらおれが書いてみようとは思うが。どうかな、書いてみたところでおまえは本当にそれを読むのかい？

カリギュラの

カ

強制労働、というのは悪い発想ではない。それで救われる精神というものもあるだろう。魂はどうか知らんが。まあ奴隷になってみることだ。ただし忠告しておくが、奴隷であることに意味を見出そうとしてはならない。おれもおまえも「意味の無い奴隷」に過ぎないのだから。いいかい、おれたちは意味のない奴隷だ。

カイエの

カ

おい、ちょっと待て

ルールが変だ

カミユとカミーユでは大違いだ。ユリシーズとユリスはどうも同じらしいがな。国なんてそんなもんだ。女なのか男なのか。子供なのか大人なのか。年寄りか。どうでもいいんだそんなもんは。大事なのは名前を呼ばれるということらしい。間違っていてもな。いったいおまえは短編なのか長編なのか。それによって名前も変るだろう。

ルール？

おれは二十代半ばにしてすでに履歴書が書けないような生涯を送ってきたが、いよいよ問診票すらまともに記入できない人間になってしまった。詩を書くほうがよっぽど簡単だ。大病院の受付から持ち帰った問診票——クシャクシャに丸めた——をひろげた妻は絶句したよ。名前「ポチ」、現住所「ベージン高原」、連絡先は「ドコモ」だ。もうメンドクサイ。何もかもメンドクサすぎる。

トリニトロンだ
おれはパナソニックだ
トリニトロンだ
ニトロだ
グリセリンだ
トリニトログリセリンだ
パナが何だ
おれはトリセリントリニグロだ
ニガーだ
ソニックが何だ
ビジオンが
ナン

だ
おれはパナニグロビジュだ
そういう液体だ
ニガーソニックトリニトロビジオンだ
ユニオンだ
そういう組合だ
何だおまえは
ニュアンだおまえは
おれはソニカルヒステリーパナニトロだ
グリセリンニュアンだ
ヒストリカルニガービジオンだ
パナに告ぐ
無駄な抵抗はやめよ
拡声器で警告する
おまえはすでに全面包囲されているぞ
どうにでもなると思うな

悔い改めよ

ボディースナッチャーどもがジェル状の「液」を垂れ流す夜。またしても夜か！　おまえの労働は跡形もなく消え失せた。殺された死亡者たちはいい加減な調書を首からぶらさげたまま二十世紀的な工場の出口に急ぐ。「急がされるのはたまらん」と言って工場に居残る奴隷もいるが、それならば嘆くなよ。鬱陶しい。奴隷のくせに。

「イーチアザー」という言葉を知っているか？

知らねえ、そんなもの。

「インヴェイン」というのは？

知るか！

「ライフタイム」は？

むかしそんな名前の時限爆弾があったよ。ベトナム戦のころだ。おれは頭におかしな注射を打たれて皆殺しの幻影に恍惚としていた。「動く者は殺せ」というのがその時の指令だ。二十四時間勃起していた。

さあ、家の仕事をしよう

ガキを養おう

石焼ビビンバをピャーピャー言うクチバシの奥に押し込めろ

育ておまえら
殺すぞ
まずはおめでとう。おまえもようやく「御墨付き」を得たようでなによりだ。カウンセリングに通うのが面倒だって？　いいじゃないか、それで薬が手に入るんだもの。しかしおまえの担当医はかなりヘボだな。よりにもよってトランキライザーを処方するとはな。死体に死ねと言っているようなものだ。くれぐれもため込まないように。バカな真似だけはするなよ。一応心配しておくよ。まあ馬鹿にしていて良い。セイシンカイなんてものはみんなキツネツキのなれの果てだからね。せいぜい利用して、もっと気持ちの良い薬をゲットするべきだ。その節にはおれにも分けてくれたまえ。
プユ！
あるいはパヤーリ
これは三つの頃の娘が発した造語で「怒り」や「不快」を意味している
二つの頃は「哺乳壜」で飲むミルクをプチュと呼んでいた
プチュ、プーチュ！
口唇的に正確だと思う
どうも娘はP音に敏感であるようだ

脳の発育は相変わらず遅れているようだが
アタピシカ
これは結局意味が判らなかった
絶叫する
アタピシカ！
アタピーシカ！
ここでもアクセントは「ピ」にあった
判らないのだが
判るような気がする
日本語だから
ピ、
ペッ、ピッ、
ッッッ、
パンナムの翼に？
プラットホームの彼方に？
ペンシルの尖りに？

ピンナップの女神に？
ポメラニアンの眼球に？
サチあれだ！
頼む
おまえら
おれの知らないところで育ってくれ

おれは受診しないよ。いくらおまえが勧めてもね。心療内科だとか言ったって所詮キチガイ病院だろ。傷ついているのは心ではなくて脳の方だ。アルコールが脳にまわってウミが溜っているのだよおまえは。頭蓋骨を指でまさぐってみな。ぶよぶよの部分があるはずだ。そこにストローを突っ込んで、チューッと吸えばすっきりするよ。なんならおれがやってあげても良い。こう見えてもレッキとした教授だ。さすがに黒マントはしていないがね。いや持ってはいるんだ。面倒なだけだ。面倒だ。探すのが。取り出すのが。風呂に入るのが面倒だ。電話に出るのが。靴をはくのが面倒だ。歯を磨くのが。朝、鏡の前で。面倒だなにもかも。動くのが。

夜に飼はれてゐたいと乞ふが
もろもろの兆しに嘲はれて

さうもいくまい
吾べとべとしたる白昼市街に迷ひ出て
猫目小僧一匹の友も無し
ノーチェ・デ・ディオス！
厭な兆しだ
片目で言ふさやうならだつて？
待ちたまへ
それぢゃ家出少女に過ぎぬ
夏休みのあいだの
嗚呼！
吾夜に飼はれてゐたいと乞ふが
ポチの小さな夜を想
ふが

ザクロを買ってきなさい。それを割る。一週間続ければだいたいの感触はつかめるはずだ。今おまえがどうなっているかという。え？　教授は何人殺せば気が済むのかって？　そりゃおまえ、皆殺しだよ。ゲンバクもサリンもギロチンも必要無い。おれの

「聖火リレー理論」によるとだ、マッチ一本で世界の焼失は可能であることが証明されている。物理学会も医学会もそれを否定することはできぬだろう。見たまえ、可能性を。おそろしくドデカイやつを。おまえの限界には興味は無い。脳の溝は何でできているか知っているかね。想像してみたことは？ ふむ、では教えてあげよう。それはおまえ、アンドロメダ線虫の活動の痕跡なのだよ。

蛙が啼いている
蛇がいないから
この海辺のニュータウンでは
蛙が大量に発生する
沼なんてどこにもありはしないのに
蛙はいる
大量に
夜中じゅう啼き続ける
ウットウシイ
僕は蛇に似ている
そう言われて来た

小学生のころからずっと
なぜだろう
判らない
鮫みたいだとも言われた
目が
死んでいるのだろう
小学生のころから
ずっと
蛙が啼いている
冷たい
体が
疼
子供達はとうに眠っている
誰から投げ棄てるか
という相談を妻としたいのだが
どう切り出していいか

窓の多い部屋にこだわったのは彼女のほうだ
予感が無かったとは言わせない
吹き抜ける風が欲しかったわけではないだろう
聞こえるか
啼いている蛙の挑発が
沼はどこにある？
どこにできた？

どうやら労働という生理もそこから来ているようだ。人類だけが働いているというのはおかしい、どうも怪しいと思ったことはないかい？　あるだろう、当然だ。人類は少しもじっとしていることができない。なぜなんだ？　なぜそんなに働こうとするのか。働きたくもないくせに、働かないと気が済まないのはなぜだ？　まるでブラウン運動のようだ。これは絶対におかしい。間違っている。おそらくおれは、そのことに気付いた世界で最初の教授であろう。それもこれも、かつてアンドロメダ線虫が人類の脳で実験をした、蠢いた、傷＝溝を掘った、それの後遺症なのである。

誰ノ地獄ダッテ構ウモノカ
人間ノ顔ナンテモウ観タクモナイヨ

僕ハ地下鉄ノ階段デ突然悲鳴ヲアゲテシマッタ君ヲ理解スル
信号待チノ交差点デ嘔吐シテシマッタ君ヲ
理解ナンカシナイ
誰ノ地獄ダッテソンナモノ構ウモノカ

おまえは唾を吐く。ゲロを吐く。ただしい反応だ。おおよそ人類は、今のところ、そのようにしてしかアンドロメダ線虫からの脅威に抗うことはできない。おまえはアルコールでおまえ自身を消毒したいのだろう。それもまったく正しい反応だ。しかるに考えてもみたまえ。病原のアンドロメダ線虫自身は、おれの研究では、有史以前に死滅している。いったい死滅したものをもう一度殺すことなんてできるのだろうか。できはしまい。彼らは痕跡＝ゴーストとして脳に刻まれ、おれやおまえを痛ましく蝕み続けるのだ。この闘いに終りは無い。おまえがおまえ自身のアウシュビッツ的に痩せ細った身体を諦める以外には。

首を折られたアンプルの小塔
沈み行くG線上の帆影
イマジン
オールザ

ピーポー

もう死ぬから考えなくていいが、まあ考えるにおれのピーポーは「半魚」と「類猿」だけだった。半魚とは十七歳で別れた。何かようわからんがノイローゼみたいになってしまって、突然アメリカに行くと宣言した。「日本人であることが嫌になった」と言い残してアリゾナに行ってしまった。

半魚とは「どんどら」という同人誌をやっていた。それをダシにして、おれは女子高から可愛らしいのばかり五人集めて来た。可愛らしい金魚が来たから半魚は舞い上がってしまって、映画を撮ると言い出した。「まっちゃんシナリオ書けや」と。そんなもん書けるわけがない。しょうがないので『突然ストップ』という題のシノプシスを書いた。五尾の金魚たちが、喋っていたり、歩いていたり、ふざけあったりしていて、突然電池が切れてしまって、一人ずつストップして行くというようするにたわいのない思いつきだ。やつはそれがいたく気に入って、これならすぐにできるからと言って、勝手に8ミリカメラを回し始めた。おれが知らんうちに金魚たちを一人ずつ潰して行った。傷つけ、いたぶり、無意識に食べた。そして撮ったっきり現像もしないで放り出した。アリゾナがどうのこうのと言って。あれは最悪だったよ木村君。その後を想像してみたまえ！　木村！　おいキム！

じだんがだんだ
じだんだがだんだ

類猿は上海から東京に来て、隣室の三畳間に住んでいた。「葉」という名前だ。「ヨーさん」とおれは呼んでいた。毎晩部屋にやってきておれの煙草と酒を奪い続けた。酔っぱらうと日本語が面倒になるらしく、わけのわからん広東語か何かを喋っては、紙に漢字を書いた。筆談だ。それで大体わかった。類猿もだんだんノイローゼみたいになって、顔つきが変って来た。どうもおれと付き合うやつはみんなノイローゼになるようだ。

「マツケイは私が出会った日本人のなかで一番不親切だった」といったような棄て台詞を残して類猿は去った。大家の婆さんからその言葉を聞いて、おれは無性に腹がたった。ムカムカしながら神楽坂を下りていった。なんでおまえなんかに親切にしなければならないのか。クリスマスだのバレンタインだの、日本の親切な女の子から貰ったプレゼントを、ヤツはさも自慢気に見せに来やがった。おれはそんなもんとは無縁な映写室で、ヘトヘトになるまで働いていた。とにかく眠ろう、眠った者勝ちだ、それだけの望みを叶えるために、夜更けの部屋に辿り着くのだった。

じだんがだんだんだ

じだんだんだんだがだんだ

そこに来るわけだ猿ピーポーが。ニヤニヤしながら。「ドゾッ、ドゾッ、食ベテクダサイ。チョッコレイト、デスヨ。コレ、ドウイウ意味デスカ?」

知らんちゅうねんそんなもの!

おれの煙草と酒を返せ!

せこい。せこすぎる。余裕がない。あるはずがない。おれだって死にかけていたのだ。詩的九〇年代の東京新宿ミナミエノキ。風呂もクーラーもない部屋で、窓を開ければ青猫が平気な顔をして入ってくる部屋で、どうすれば詩人になれるかと問いつつTVに蹴りを入れていた。おれはちっとも眠れないのに、猿ピーポーと青猫は涼しい顔をして眠っている。寄り添って。おれの布団で。二匹の寝息がおれに出て行けと言っている。出て行くさ、そのうち。おれだっていつまでもこんな所にいるつもりはないよ。でも先におさらばしたのはやつの方だった。いったいどこに消えたのか。まあいいよ、どうか世界人類が平和でありますように。おれはもう死ぬっちゅうのに、ろくな詩が書けん。

「無声慟哭」みたいなのを書いてみたいのう!

だが死ぬなよ。頼むよ。そのための処方箋だ。眠り薬だ。もう抵抗するな。「アンドロメダ線虫の痕跡」と夢で親密になれ。夢で、夢で、夢で！　眠れ！　子守唄を発明したのは誰だ。人類だ。必要だったからだ。詩は？　それも人類だ。必要なのだ。姿なき病原、の痕跡、その歴史を、飼い馴らすために言語は活動した。脳に抗って！　言語は活動しました！　かような報告を物語と断じるのであればそれはそれで構わん。おれには総てが見えている。文学よりも偉大な物語を人類は抱えている。おまえの無意識がそこに触れているのだよ。本当に必要なのは眠り薬などではない。言葉だ。おまえにはおまえにふさわしい言葉を獲得する権利がある。少しは考えろや耳のことを。日本語なんてたいしたことないよ。すぐに壊れる。少なくともおまえを殺す力なんてないと思うよ。そうじゃない違う言葉があるだろう。人間の言葉にいちいち怯えていたらきりがない。おまえもアリゾナに行くか？　何もないよ、そんなヘタレ砂漠には。ちゃうねんちゃうねん、そやない言葉があるはずやねん。脳の隅っこにコヨーテの、タランチュラの、アルマジロの。とにかくだ、おまえはおまえを眠らせようとするあらゆる制度に抗うべきだが！　いや違う。間違ったごめん。抗うな抗うな。眠れ！　もう眠ってくれ、頼むから。

アンドロメダ教授

爆発！

それから「居場所が無い」とも言ってたよ、あの人
ふうん、疎外か、可哀想に。でもおれは信じないそんなもの
早くうちに帰ればいいのにね、あの人
ああ、眠っていればいいんだずっと。おれならそうするな
音楽なんか聞いていないで
そう、眠ってろって
誰もおこしになんか来ないんだもんね
死

「ぼくの友達は昨日死んだよ。ユーキ君っていうんだ。水門に糸ウナギを捕りに行っておっこちた。ユーキ君のお父さんは殺人犯で、だからバチが当ったんだってアブタが言ってた。あのデブいつか殺してやる。アホのガンツはね、あれはわざと落っこちたんだよって。ぼくもそう思うんだ。ガンツは癇癪持ちだからもう厭になって三回ぐらい自分から車に突っ込んでいったことがあるんだってさ。バスにもだよ。でも死んでなんかいない。それって結局当たり強いってことでしょ？　ずるいよねドイツ製は。ぼくは図書室にいるおばさんからもいっつも聞かされているんだ。死ぬ死ぬって言ってる人はね、だいたい言うだけ。教授とおんなじ。ユーキ君のお父さんが殺したっていう人教授は知ってる?」

「ああ、あいつらだろ、ナダとかカタオカとかタンバとか。ウサギとコーモリとムササビだな。チンケな野郎どもだ。殺すことなんてなかった。無視すりゃよかったんだよ。ナダの娘がソメイヨシノっていって、おれがあいうえおを教えていたころの生徒だったから、なんて言えばいいんだ、まあいたたまれない。オヤジは殺されても仕方ないような下衆だったとしてもだ、ガキには関係ないからな」

「あるよ。あるからユーキ君は死んだんでしょ?」

「わかんねえ、そんなもの。ソメイヨシノは勝手に散るんだ。ガキがガキなりに思いつめてなんてさ。やめてくれよ。おまえらもう考えるな。誰かが後ろから突き飛ばしたんじゃないのか。どうでもいいよそんなことは。誰かが死ぬ。おまえも死ぬ。みんな死ぬ。死ぬ死ぬ。死ねよ。死んでしまえ」

あの人はとても苦しんでいるようだったよ

だから信じないって、おれは

ぼくはあの人が好きだよ、教授が大嫌いでも

おれは嫌いだよ、あんなやつ

イマジンが鉄砲で撃たれたときおれは中学生だった。部活をサボって駅前のゲーセンに入り浸っていたころだ。家に帰るとメシも食わないでコタツで眠った。起きたらTVドラマが始まっていた。そのドラマのなかでどういうわけかリバプールの音楽が延々とかかっていたんだ。いつもと違うと思って、どうしたんだろうと思って、しばらく観ていると画面の上の方にテロップが流れて、イマジンが殺されたことを知った。ああそうか、なるほどそういうわけか。でもどうでもいいやそんなこと。

人ハ死ヌ。殺サレル。自分デ死ヌ。ミンナ死ヌ。
死ス死ス。田園デ。都会デ。憂鬱デ。ソノウチ死ヌ。
死ネ死ネ。ハヨ死ネヨ。死ンデシマエ。

でもあの人は教授とそっくりだよ
だろうね、最低ダ
でも教授よりずっと不幸
あいつが悪いんじゃねえか
でも教授よりずっと愛されている
そんなこと判るもんか

でも許されていない

おれは許さねえよ

教授って最低

いいよもう

この一週間でいろんな人が死んだと思う。ぼくはその一々を覚えていられない。ユーキ君が習っていた空手の先生の奥さんが交通事故で死んだ。その奥さんの短大時代の同級生がありふれた病気で死んだ。病気はみんなありふれているから、その同級生を最後に乗せたタクシーの運転手の弟も病気で死んだし、その弟が音楽大学に行きたいと思って師事していたクラリネットの先生も病気で死んだ。先生の告別式には千人ぐらい人が来て、泣く真似をして、みんな帰って、それぞれ適当にあっけなく死ぬだろう。病気で。事故で。自分で。殺されて。

だから放っとけばいいんだって

でもあの人はさっきからものすごく傷ついているんだよ！

しょうがねえよ、おれには何にもできないんだから

だって教授でしょ！

知るかい

悔い改めるんじゃなかったの?
あれは嘘っぱちだ。悔い改めるなんて、人間にそんなことできるもんかい
死ぬ
殺す
それは時間がさせること
少しも恐く無い
それはおれのものだ
死というのはベゲッドみたいなやつか?
ベゲットか?
ベケットなのか?
ペケットではないのか?
分裂するなばかやろう
誰とも一緒にはならないから
サヨウナラだ
みんな大嫌いだったよ
予言者の言う通りだ

「おそらく明日誰かが死ぬであろう」

死！
殺！

まあ無理だ、今は。とにかく眠りなさい。少し楽になって、歳をとりなさい。とにかく、老いを受け入れなさい。どんなに時間が過ぎても怯えることはない。おれが、このアンドロメダ教授が、おまえの傷口を湿らせてあげよう。とろとろに、ぐっちょりと。そして体温を計ってあげよう。べろんべろんにしてあげよう。おれは叫ぶかも知れないよ。おまえよりも先に。でも薬はいらない。薬なんていらない。そんなものは自分で作って来たのだから。いいかい、お互い焦らないことだ。ゲームを再開するのは当分無理かも知れないね。だいいちおまえは「しりとり」のルールさえ忘れているのだから。ね。おれはとうとう「あんま椅子」を買ってしまったよ。通販で。「メディコロチェア」っていうんだ。でも置く場所がない。本をどかさないと。本をどかさないと、ね、どかさないと。

souyatte

ne

asagakitesimau
midoriirowosita
midoriironokaowosita
midorino
mi-ya-ou
mi-yaaa-ou
myao
mya
mi
o

宣誓文

わたくしアンドロメダ教授は、世界人類が平和でありますように、みだらに人心を惑わす行為を慎み、また傘泥棒の横行を正しく憎み、今後一切、神様と心臓と雨を無視することをここに誓います。

推薦文

わたくしアンドロメダ教授は、以下の者を巧みなる観察者として、またゲロ、テリラ対策におけるある種の「万能オトリ」として、ここに推薦いたします。

一、半魚

一、類猿

一、ガンツ

中也と秀雄と赤ん坊

中原中也は昭和一二年二月二七日に、鎌倉に移り住んだ。そしてその年の秋に死んだ。小林秀雄は「どんな事情で鎌倉に来るようになったか知らなかった」と書いているが、年譜の事実だけを遠くから眺めるならば、中也は、長く絶交状態にあったという小林との関係を回復せんがためにこの地を選んだのであろうと私には思われる。転居後数日、中也は体調を崩して寝込んでいたようだが、それが快方すると、三月五日にはさっそく小林を訪問している。生憎旅行中で会えなかったようだが、中也はその翌日にも訪問したようだ。三月六日、「小林に子供生まる」とある。

小林は子供が欲しくて結婚したということらしいから、待望の長女誕生ということになる。大騒ぎであっただろう。小林をして「一種の悪縁」と呼ぶ他ない旧友中也の不意の訪問。再会のタイミングとしてはなんともバッドである。しかも小林は忙しかった。前日の旅行というのも、おそらくは仕事がらみであっただろう（わからないけど）し、長女誕生の翌日にはまた旅行に出かけている（これも仕事がらみであったに違いない、わからんけど）。中也は「産婦はおつかさんにまかせきり。小林は幸福だと云ってよろしい」と書いている。相変わらず僻みっぽい。

果たして中也は、小林がかような渦中にあったことを知っていたのだろうか。知らなかったのではないだろうか。ビックリしたであろう。私が勝手に想像するに（この文章は総て私の勝手な想像によって書くのだが）中也はここで何かを完全に手放さなければならなかったのではないか。その何かとは、まあ青春と呼んで（呼びたくねぇが）構わないだろう。小林の近傍に居を構えた中也には、心のどこかであの輝かしい日々（在りし日）に戻りたい、かつての時間を取り戻したいという気持ちがあったように私には思われる。だが小林もはや一児の父だ。子供が生まれることで生活がどう変わってしまうか、中也には痛いほど判っていたであろう。もはやあの日には絶対に帰れない。中也は、そう思った、として。

この頃、中也にも生後三ヶ月ほどの赤ん坊がいた。次男の愛雅である。長男文也の死、次男愛雅の誕生という出来事が前年末に立て続けに起き、中也は強度の神経衰弱に陥っていたのだった。千葉寺療養所での強制入院（監禁）という凄まじい日々を経て、快復したのか壊れてしまったのか、とにかく中也は小林のいる鎌倉に流れついた。小林は中也のそうした惨状を人づてには聞いていたようである。遠くで破滅していく中也。その中也が不意に自宅に現れたのだから、小林の驚きはどうだったろう。なにやら不吉な、不気味な予感が小林の頭をよぎったかも知れない。

以後、同年十月二二日の中也の急死まで、二人の短い交友が再開される。それはもはや若かりしころの愛憎入り乱れた熱いものではなく、互いに一児の父としての、家族ぐるみの、穏やかな交友であったように思われる。しかし中也にとって、また小林にとっても、そんな交友などせいぜい時間つぶし程度のものに過ぎなかったであろう。夏前には中也は郷里山口への帰郷を決意していたと言うが、本当は鎌倉に来た直後、小林にガキが生まれた時点で、ほとんど決めていたのではないか。すでに東京の文壇をゴロつくことにはうんざりしていたのである。あるいはもっと早く、療養所を退院した時にはもう、半ば帰郷を決意していたのではないか。いや本当ならそうするのが一番だったはずだ。そんなことは誰の目にも明らかであっただろう。しかし中也は帰郷してしまう前に、どうしても小林と再会する必要があったのである。

中也にはやっておかねばならない大きな仕事があった。『ランボオ詩集』(野田書房)の刊行である。そしてその刊行は、やはり若々しく、熱気のあるものでなければいけなかった。中也はそう考えたはずだ。詩集というのはそうあるべきものだ。たとえば『山羊の歌』のように。『山羊の歌』の未製本原稿を抱え、友人ともども刊行へと奔走していた時代。装丁や部数をめぐって版元と喧嘩していた時代。輝かしき日々。たかだか三年ほど前の出来事だが、中也はその時代の熱気を取り戻したかったに違いない。私にはその気持ちが痛いほど判る。何もいまさら翻訳の手ほどきを受けるために小林との再会を求めたのではない。中也が求めていたのは、死んだり生まれたりするガキどもに翻弄されて、つまり生活に追い捲られて、自らはほとんど失ってしまった熱気だ。それを小林に求めた。最も激しい感情を衝突させた相手に。私はそう思う。しかしそれはもはや無いものねだりであった。人間はみんな年を取る。それだけのことなのだが……。

八月一一日に『ランボオ詩集』の初稿が来る。それから二八日までのおよそ二週間で、中也は第四校を校了する。「どんな本になることやら、俺は知らない」と書いている。投げやりだ。まったく期待していない。同時に中也は、詩というものに対する過剰な期待も棄てたようである。「三七八にして更めて文壇に顔出ししやうと思つてゐます」と手紙に書いてみたり、小林には「多分五十位になるまで東京には来ませんよ」と言っていたらしい。決意のほどは定かではないが、ともかくここで一度ケリを付けようと考えていたことは確かなようだ。ただ私には中也が、まさにランボーのごとく完全に詩に見切りをつけようとしていたようにも思われる。

『ランボオ詩集』校了より、中也は大急ぎで詩の整理を始める。店じまいである。小林は書いている。「死ぬ三週間ほど前、彼は『山羊の歌』以後の詩で詩集に纏めて遺さうとするものを全部清書し、『在りし日の歌』なる題を付し、目次を作り後記まで書いて僕に託した」。それ以外の詩は全部焼き棄てるつもりであっただろうとも小林は言う。私もそうだろうと思う。ただし私は『在りし日の歌』さえも、実質は棄てたのだという気がしてならない。小林の家に棄てたのだ。託したのではない。棄てたのだ。中也は『在りし日の歌』が小林の手によって刊行されることを望んでいただろうか。故郷山口から遠くそれを期待しようと考えたのだろうか。そんなことはあるまい。私にはわかる。それは小林一人のために清書されたものなのである。小林一人が読めばいいと思ったのである。

小林は書く、「中也に最後に会つたのは、狂死する数日前であつた。彼は黙つて、庭から書斎の縁先きに這入つて来た。黄ばんだ顔色と、子供つぽい身體に着た子供つぽいセルの鼠色、それから手足と足首に巻いた薄汚れた包帯、それを私は忘れる事が出来ない」。包帯を巻いていたのは痛風を患っていたからである。歩行もままならず、足を引き摺っていたらしい。三十歳にしてこの急速な老い方はどうだ。帰郷を決意してからの数ヶ月の間に、一生分の時間、生き急ぐために頑なにせき止めて来た生の時間、その膨大な時間のレトルトが一気に解凍してしまったかのようである。

最後の中也を小林はどのような思いで見つめていたことだろう。時に自分にまとわり付く厄介なガキであり、時に人生の先輩のごとく思われたこの男。あるいは小林自身であるかもしれなかったこの男。小林は中也の死後、特派員として戦場（中国）へ渡ることを熱望するようになる。そして実際に渡る。まるで中也の死から逃れるように。もちろん「時局」がそうさせたと考えるのが正解だが、それは、長谷川泰子から逃れるために関西へ遁走した若き日の小林を連想させもする。

中原中也と小林秀雄。ともにランボーに心酔した男。一人は詩に愛され、詩に殺された。もう一人は終生詩に愛されることはなかった。ヘボな詩（「死んだ中原」「夏よ去れ」）を残してはいるが、そんなものはどうでもいい。彼は歌うことはしなかったが、その精緻な批評や批評的散文にポエジーを隠し持とうとしたのだろう。私にはそう思われる。ためしに、彼の散文から詩的表現を抽出し、一篇の詩を捏造してみようと思う。

「秋」より

夏は終り
プルウストも二巻目の中程で終った
以来、プルウストを開いてみたことがない
「失はれし時を求めて」
気味の悪い言葉だ
プルウストは、花の匂いを吸い込む事から始めたはずである
私は、舌打ちをして煙草を吹いた
思いも掛けず薄紫の見事な煙草の輪が出来て、ゆらめき乍ら
光の波の中を静かに渡って行った
それは
まるで時間の粒子で出来上がっているもののように見え
私は、光を通過する
その仄かな音色さえ聞き分けたような思いがした
不思議な感情が湧き、私は

その上を泳いだ
時間は人間の霊魂の中から
いつまで経っても出て行くことは出来まい
そして人間は
時を紛失するだろう
プルウストは
或る奇妙な告白、死だけが止める事のできる告白で
余命を消費しようという決心をした
そういう事だったかも知れない
やりきれない予感だ
自殺して了えばよいのである
天才どもは、みんなどうかしている
空想が人間を追う
「私」を追い詰める
宇宙の無秩序が、精神の無秩序に
よく釣り合うことに我慢がならなくなった時

例えば「光の円錐体」という窮余の一策が生まれる
何と忌ま忌ましい事か
私が信じているただ一つのものが
どうしてこれ程脆弱で
かりそめで
果敢なく
また全く未知のものでなければならないか

半魚

工都。
一九八四、春。
一七歳のポエゾーには、どうしても欲しい本が一冊あった。
その一冊はこの町の図書館にあった。
高校の別のクラスに、教室で盗品を売り捌いているクズがいた。
異様に離れた左右の眼、痘痕だらけの顔面、なで肩の小男、半魚。
本、レコード、雑貨、衣類等々、小物専門の万引き屋だ。
聞けば注文も受けるという。
ポエゾーは半魚に、図書館での盗みを依頼する。
「図書館なんて行ったことがない。めんどくさい」と半魚は言った。

「わかった、悪かったな」とポエゾー。嫌がるクズに、頭を下げてまで頼む気はさらさらなかった。

そこに割り込む声。おせっかい野郎が半魚に耳打ちする。

「あいつ黒マムの弟だ」

黒マム。黒マムシ。最強の兄ポエジの異名。兄ポエジは札付きのワル。四年めの高校生。工業高校の黒マムといえば、この町のガキどもから化け物扱い。かっこいい所、輝かしい所はぜんぶ兄ポエジに先取りされたとポエゾーは思っている。兄ポエジの後追いだけはしたくない、そう考えるポエゾーの高校生活は暗く、卑屈になるばかり。何をしたって背後に黒マムシ兄ポエジ。兄ポエジに対抗するには、あいつがやらないことで輝くしかない。勉強や部活で輝くしかない。でもそんな真面目な輝きはまっぴらごめんだ。性に合わない。じゃあどうするか。何をすればいいか。

ポエゾーは考える。考える考える。何もしないというのはどうだ。何に対しても興味を示さず、徹底的に無気力な態度で、取り返しのつかない貴重な時間をひたすら潰し続けるのはどうか。それはそれでクールではないか。そうしよう。そう決めた。

でも無理だった。

「何もしない」などという超越の境地が高校生ごときに耐えられるはずがない。高校生でなくとも無理だ。何もしないかわりに、ポエゾーは読書に嵌まった。町の外れの図書館は、兄ポエジの強力に張り巡らされた眼光が唯一届かない場所だった。図書館には、昼間から仕事もせずに時間を潰している廃人のような人々がいた。ポエゾーはそこに親和を覚えた。なるべく難しい本を読んだ。馬鹿にされない本。周囲の同級生が間違っても手を出さないような本だ。読めないが、読むふりをしていた。なんとなく読める感じがして来た。それはポエゾーの密やかな愉しみになった。

ふたたび教室の廊下。

「あいつ黒マムの弟だ」

その一言で半魚の態度が変った。「ああ、またこれだ」とポエゾーは思った。クズはクズだと思った。半魚の汚らしい顔が言う。

「やるよ。まかせてくれ。図書館なんて楽勝だ」

ポエゾーは「もういい」と言った。自分の聖域に黒マムシが入って来る、そんな気がした。それはゾッとするような光景だ。

しかしもう手遅れだった。

翌日、半魚は「どうしても欲しい本」を盗んできた。それをポエゾーに差し出し、「幾らで買う?」と聞いてきたのだった。図書館にしかなかった憧れの本が、もう本屋では買えない古い本が、目の前にあった。ポエゾーは屈服するしかなかった。それを半魚の言い値で買った。

盗品を定価の八掛けで売る。

それが半魚の商売。

図書館の古い本では割が合わない。半魚は適当に売り値をつけた。

工都。

一九八四、夏秋。

「欲しい本があったらいつでも言ってくれ」

欲しい本ならあれもこれも。町の本屋で売っていない本。図書館でしか手に入らない本。ポエゾーは半魚のお得意さまの一人になった。もう図書館で気持ち良く時間を潰すことはできない。自分で聖域を汚したのだから仕方ない。黒マムシがどこかで見ている。

「本を探すのに時間がかかりすぎる。君も一緒に来ないか」と半魚は言った。

二人で図書館に行くのは絶望的な気分だったが、教室や廊下で取り引きせずに済むことを考えると、それも好ましかろうとポエゾーは思う。

二人で図書館に行く。欲しい本を選ぶポエゾー。半魚に手渡す。これなら閉架図書にも手が出せる。先に図書館を出るポエゾー。半魚指定のゲーム・センターで待つ。ゲーセン。ここも黒マムシ兄ポエジの領域だ。抵抗はあるが安心できる。悪い事をしているのだからなおさらだ。半魚が来る。本をそっと差し出す。ポエゾー受け取る。金払う。

「自分でやってみたらいいのに」と半魚。

痛い。その通りだ。

人にさせないで、自分でやるべきだと反省するポエゾー。しかし高校生にもなって万引きなんて恥ずかしい。そんな遊びは中学生のすることだ。

「君も僕をバカにしているだろ。バカにしてるくせに、注文しに来る。みんなそうだ。君らみんな最低だ。僕がやってるのは万引きじゃないよ。窃盗だ、犯罪だよ。でもこの犯罪は、僕一人の犯罪じゃないよ。学校ぐるみだ。僕はいろんなやつに売った。いろんなやつの注文を受けた。君もその一人だ。野球部の連中も巻き込んだ。わかるか？　学校ぐるみということがわかるか？　僕はいざとなったら君たちみんな裏切るよ。みんな共犯者だ！」

なるほど。

そういうことか。

やるべきことが見つかったと思うポエゾー。黒マムシより凄いこと。兄ポエジの暴力ごっこなんて所詮はガキ帝国の輝き。半魚の計画犯罪には暗い暗いぬめりがある。そのぬめりのなかで底光りしている凶悪な決意がある。

ぬるぬるした、ぬるぬるした、気味の悪い……。

半魚と組むポエゾー。

ポエゾー大活躍。

商売繁盛、業務拡張、集団窃盗。

半魚は町の不良どもに付け狙われていた。盗品を巻き上げられることもしばしば。でもポエゾーと組めばやつらの暴力的介入を遠ざけることができるだろう。なんせ黒マムの弟だから。半魚はそう踏んだ。あとは店員と補導員だけを警戒すればいい。簡単だ。

「おれも仲間に入れてくれよ」

手下どもは向こうから言い寄って来た。自然に集まった。これもポエゾーの潜在力だと半魚は思う。腕力のない、冴えない、少しもいい所がない連中。そいつらを半魚は受け入れた。ポエゾーは鬱陶しかった。結局似たもの同士でつるんでいるわけか。自分もその一人か。うんざりだ。しかし半魚の犯罪計画に従うなら、なるべく多くの生徒を巻き込むべきなのだった。

「あいつら何もわかってないよ」とポエゾーは言った。

「頭も手も足もとろい連中だ。そのうち誰か捕まるぜ」

「捕まるやつは捕まる。自業自得だよ。僕は誰も助けないよ」と半魚。

「あいつら捕まったら吐くぜ」

「ああ、吐くだろうね」

「いいのか?」

「いいさ。そこからが本当の勝負だ。心配するなポエゾー。君の名前は出ない。そんな根性のあるやつはいないよ。ボコボコにされるからね」

「誰にボコボコにされるんだ? 嫌味を言うなよ」

「君は最初から嫌味なやつじゃないか」

その通りだった。この町にいる限り、ポエゾーは最初から嫌味な存在なのだ。黒マムシ兄ポエジに護られているボンボンだ。ポエゾー苦しむ。半魚にはっきり言われて苦しむ。苦しむ苦しむ。勝手に苦しめと半魚は突き放す。その突き放し方が、しかし、ポエゾーには好ましくも思えるのだった。

工都。

一九八四、冬。

一二月に入って、一人が捕まった。

真面目そうな、気の弱そうな男の子。

何かのはずみで、誰かにそそのかされて、ついつい魔が差してしまったというエピソードがぴったりの無垢を演じる雑魚。

商店街の派出所。問う警官。問われる雑魚。

「首謀者は誰か?」

警官様は何もかもお見通しだ。

「君たちのリーダーは誰なのか?」

気の早いクリスマス・ソングが流れている。

商店街を行き交う幸せそうな人々と尋問中の雑魚一匹。

「半魚です」

雑魚はそう答えるだろう。そう答えればいいのだ。半魚もそれを覚悟しているのだ。

そこから半魚は勝負を仕掛けるだろう。警官に対してではない。学校に対してだ。雑魚は初犯。どうせたいしたものは盗んでいない。警察は学校に引き渡すしかない。

「主犯は半魚」という情報付きで。あとは学校の仕事だ。

半魚は生徒指導の熱血教員に呼び出されるだろう。太ももを蹴られながら取り調べを受けるだろう。半魚はこの犯罪の全容を明かす。盗みに参加した生徒の名前、盗みを依頼した生徒の名前、盗品を購入した生徒の名前。何人だ。ぜんぶで五〇人は下らないだろう。半魚のことだ、もっとふっかけるかも知れない。あることないことでっち上げて、学校側をビビらせる算段だ。こんなことが表沙汰になったらどうなる。この学校は野球部の活躍と三流大学への推薦入学枠だけしか取り柄がない。悪い評判は確実にその二つに影響する。野球部は当面県予選の出場が停止になるだろう。学校側はどう出る。半魚は学校側から何を引き出すつもりか。まさか「お咎め無し」だけで済ますつもりではなかろう。

あるいは、そうだ、「お咎め無し」だけで十分かも知れない。

この犯罪に関わった生徒たちは、半魚の取り調べに戦々恐々としていることだろう。いつ自分の名前が出るか、胃が縮まる思いで半魚の黙秘を祈ることだろう。そしてどうだ。半魚はうまく乗り切った。誰一人として呼び出しを食らう者はいなかった。そうなればもう半魚の天下だ。犯罪に関わった連中はもちろん、関わらなかった生徒でさえ半魚に一目置くようになるはずだ。半魚の狙いはそれか。

自分ならその程度で満足するだろうとポエゾーには思われた。しかし半魚は比類無き犯罪者だ。もっと大きな狙いがあるはずだ。学校側と、何かを取引するつもりだ。

それは何か。

まあそのうち判るだろう。

ところが……。

学校。

灰色の学校。工場のような学校。コンビナートの入り口にある男子校。

臭い教室。歯糞の臭いがする教室。

半魚の目論見は外れた。呼び出されたのはポエゾーだった。雑魚にも雑魚なりのメンツはある。半魚では役不足だった。「半魚に命令された」なんてみっともなくて言えなかった。命令したのは、ポエゾーでなくてはいけなかったのだ。

「首謀者はポエゾーです」

それは収まりのいい名前だった。誰もが納得する名前だった。やっぱりあいつか。黒マムの弟だ。最近はおとなしくしていたが、中学のころは兄ポエジやその仲間にくっついて相当悪いことをしていたらしい。あいつが首謀者なら、巻き込まれた生徒はみんな犠牲者とも考えられるだろう。

ポエゾーはうろたえなかった。

盗みに手を染めた時からそれなりの覚悟はあった。

朝一で生徒指導の熱血教師に呼び出されたポエゾーは、悪びれもせず、ふてぶてしい態度で椅子に座った。すべきことは判っている。半魚のかわりに首謀者を演じるのだ。長年見てきた兄ポエジの口ぶりを真似て、威圧的に、堂々と半魚の作戦を実行するだけだ。兄ポエジ風の物腰は効果覿面だった。熱血教師は最初から難しい顔をして困惑していた。ポエゾーは自分たちがしてきた犯行の全容を、尾びれ背びれを付けながら大げさに語って聞かせた。

「もうどうでもいい」と言った。

「警察でもどこでも行ってやる」と。

「おれはこの学校にも、この学校のアホな生徒にも義理はない。まともな友人なんて一人もいない」と言った。言っているうちに、本当にそう思えてきた。

ついでに「新聞記者が飛びつきそうな話だ」とまで言った。

熱血教師は泣きそうな顔で言った。「もうやめてくれ」と。もう十分じゃないか。万引き集団を解散しなさい。学校で商売するな。真面目な生徒を巻き込んでめちゃくちゃするな。やけになるな。今回は無かったことにするから、もう二度としないでくれ。

松本圭二セレクション 4

栞
二〇一八年三月
航思社

書き捨てて、残光に「域」をつくる——阿部嘉昭

のっけから冗談をつづると、「詩人」松本圭二よりも、その娘「カーハ」（一葉）のほうの才能に、一日の長がある。ただしその報告者が父・圭二だというのが公平の原則にもとづいている。証拠を「アストロノート」の一節から——

娘は「遅刻する」というのを「遅刻されちゃう」と言うんです。そういう言い方しかしない。たぶん「遅刻させられちゃう」ということだと思います。つまり俺のせいでね。自分が「遅刻する」という感覚は彼女にはないんです。「遅刻」というものは常にさせられるものだと感じているわけです。

これを事実提示レベルだとすると、娘の言い癖、その圭二による概念化は少しおいてさらにしるされ、たしかな時間論が発動してゆく。

時間は勝手に進みますから、その「勝手に進む時間」によって常に「されちゃう」ものなんだと。こうなるともう保護者のズボラによって「遅刻させられちゃう」という理解を超えていますね。「遅刻」は時間によって「されちゃう」ものだということです。「遅刻する」という言い方は「自分が時間をコントロールしている」という意識のもとにあるわけじゃないですか。でも本当はコントロールなんてできませんよね。だから娘の文法の方が実は正しいのではないですか。

　時間の進行は自立的で、人間（の移動）にたいし抵抗的強圧をあたえる。人間を停めた時間は人間を置き去りに、それじたいが擦っ転がってしまう。あれよあれよと往く。いつでもどうしても早漏なのだ。だから時間が「通過」したのちは、「遅刻」が、疲弊した人間のあらゆる常態となる。もちろんそれが自叙型の枠組みに、ランボーやらゴダールやらを掛け合わせ、どの詩篇でも小説でもマッハ（音速、さらには光速）で文字をゴツゴツ読ませる松本圭二、

2

その彼にあたえられる残像でもあるだろう。娘カーハは幼年にして賢明にこのことを端的に告げていたのだ。

　松本圭二の文業にはじめて接したのは『詩篇アマータイム』だった。フォントの大小などによって同時多発、一所多在的な詩行に逃走的な動線をつくりあげるうつくしく混乱したレイアウトを手に、文字のながれを辿る読者の視線は、みるみる同調と加速と白熱と溶解をしいられてゆく。色を混ぜれば最終的には白光というのが光学法則だが、松本の「品の良さ」によってこがねいろになるのが『詩篇アマータイム』の秘蹟といえた。終盤、「夏は永遠の蜃気楼の場として登場するだろう」「夏は鳥羽の方にあったと思う」に至り、その黄金化はみたこともない綺羅をともなってゆく。

　このあたりでもじつは娘の聡明さが刻印されている。フォントのおおきさを度外視して引けばこんなフレーズ――《午前中に娘がやってきて晩年のバルトークについて書かれた本と彼がニューヨークを侮辱するために書いた音楽を置いて行った。カンチス。あなたの無意識を裁いてみましょうなどという下品

な遊びを批評行為と勘違いしている連中ほど自身の無意識には馬鹿がつくほど寛容なものだ、と娘は言った。プサック。》。カタカナによって挿入される松本の噯《おくび》、そのすきまからみえる童女のネオテニー的な未来身体にこそ観音相をみる松本の倒錯がさすがに歴然としている。娘は「言葉と物」の運び屋なのだ。

ついでだから、第一詩集『ロング・リリイフ』からも、ロリ指数＝ブルトン指数のたかいエロフレーズを引いておく。《わたしたちのすることは誰にも漏らさないで！／ウソの横断歩道をあちこち書いてやるの／それはどうどう巡りのアミダ》《やがてエレクトリックな果実が育ち　少女はそれを摘みにゆく／眼の力で／遠くの性愛を撃ち落とす》（「エレクトリック・フルーツ」）。「ナゼル」中《ナゼルを呼んだ。》ではじまる段落もまるごと引用したいが、控えておく。いずれにせよ、松本的童女＝少女は「空間」にかかわり、路上の匂いを放つ。実娘が指標されるキャラであっても一過的だ。中篇小説『タランチュラ』でニューヨークを舞台に父・室井を古書店にいざないながら、どこまでもつづく父の行軍に

3

「もう帰ろうよ」と気弱になる幼い娘・美都もまた、身体のはかなさよりも、路上じたいのさみしい混迷こそを転写されている。ともあれ時間に聡明で瑞々しい表情をあたえるのは老いよりもおさなさ、とりわけ童女のそれなのだ。

言いかけていた松本圭二的な時間の話題にもどる。松本詩の展開は上述のようにマッハだった。版面＝レイアウトがこのことに寄与している。『ロング・リリイフ』『詩集工都』の場合は豊富な余白が、『詩篇アマータイム』の場合は混在する繙読動線が、速度そのものへと読者を駆動させた。『アストロノート』はどうだろう。原著ではペーパーバックのつくりの軽便さ、青紙に紺のインク（この配合によりインクの定着性をよわくかんじる）、さらには二段三段組が混在しての使用フォントのちいささによって、「行」を読む営為が「域」を読む逸脱へと上位化されそうになり、それが速読を結果させる。本稿執筆のため原著を再読していたわたしはもうぼろぼろぼろだ。

「混在」と書いたが、詩以外に写真家ロバート・フランクの映画『THE PRESENT』評や「中也と秀雄

と赤ん坊」などの批評的文章、「半魚」といった小説的文章も過激に混在する掟破りの構成で、うち小説と詩の個人的分立状態を自叙的につづった文章「精神のピーク」が松本の研究者にとって恰好の素材となるだろう。

　ここにも時間の問題が出てくる。青年期における小説執筆企図の度重なる流産。現代文学の本山にふれたこと、最初にあこがれた片岡義男的世界からの実生活の離反、などが流産要因として自己分析されているが、おそらくは松本が合間に読んでいる現代詩の本流もまた小説執筆への抵抗圧となっている。それで小説執筆と詩作の相互が撃沈かというと、一種の時間的な反転が起こる。以下——

> アホな話だ。私がすでに書いてしまったもの、さんざん書き散らした、小説にするつもりで書き出した散文の断片や、小説の構想を箇条書きにしたノートのようなもの、撮られるはずもない映画のシノプシス、夢の覚え書き、継続性のない日記のようなもの、宛先不明の手紙、遺書の下書きのようなもの、脅迫文、うわ言のような書きなぐり、それら屑のような書き物の膨大な残骸は、みんな現代詩に似ていた。

4

　これらが再構成され、第一詩集『ロング・リリイフ』へと変容したことは松本の傑作小説『あるゴダール伝』にもしるされているが、「日本の現代詩の歴史的現在を継投していく意志表明」と太鼓判を押されたものの、内実は、作者自身により、引用部のように貶価性をも帯びている点に注意が要る。ともあれ貶価的な何かが切り貼りされ映画的なエディティングをほどこされ、その断続により白熱のスピードを得る。松本は詩行と同時に時間を生産しているのだ。「遅刻」を時間に前置させるために。この秘儀は『アストロノート』「電波詩集」の「58モジバケ」終結部に端的にしるされている。字下げを無視して引く。《かつて書くことは切断の体験だった／いまや粘着／そしてもう見える》。引用部最終行が帰属先のない不安定さ、足りなさによって魅惑的だ。見えているものはわかる——「域」だ。

　松本圭二の圧倒性は、「書き捨て」、その残光に域をつくることだろう。「書き捨て」は蕩尽の時間、

「残光の域」は再生の時間。これらが同時的に生成するのが松本的な時間、松本的なマッハなのだった。巷間多い、ただのマッハとはちがう。書き捨てはぶっきらぼうな要約を喚起し、その残酷さにより余光を放つ。履歴書記述を模した詩篇を「履歴詩」とよぶことにすると、その最初の傑作が《昭和二十四年、夏／私はとりのこされていく。／／昭和三十一年、春／風雪を苦しむ鳩に殺意の石を握りしめる。／／昭和三十三年、夏／川の深みに耳を傾け、この世の音階を覚える。／／〔…〕》と始まってゆく稲川方人『われらを生かしめる者はどこか』（『全詩集』転載版）所収の断章（……年記……）だった。その後塵を浴びる光栄を生きたのが、松本「電波詩集」にふたつある詩篇「年譜」だろう。彼の娘の名「一葉」がしるされた「35　年譜（2）」よりも、「20　年譜（1）」に時間の「間歇と光速」の連絡がある。不良性と侘しさもある。字下げ度外視の送りで以下、転記（一九八〇年代の展開に泣けてくる）。

《1965　花は赤い／1966　眼。縦長の／1967　燃えないゴミ。音／カランコロン／1968　夢で「青い車」を見た者は死ぬ／1969

5

チュンと呼ばれる。すずめに似ているということ／1970　チュンキーと呼ばれる／1971　草、新聞に火を放つ／1972　霊が見える／1973　橋、あるいは線が見える／1974　聞こえる／聞いたことのない奇妙なサイレン／1975　門は黒い。黒い男／1976　ちょっと力むと肛門から下痢／1977　溶けかかった水鳥がいっぱい群がって来る／1978　別の花、別の赤／1979　髪。テクノと呼ばれる／1980　じゅる耳からヘビ連結が出る／1981　地下鉄は見えない急カーブを曲がって東エデン駅に入って行く／1982　家のなかで母と文通をする／1983　鉄筋を組む。ハイウェイをつくる／1984　光を臍に集める／1985　家を出る》

最後に、時間の賢明な認識者が松本のおさない娘カーハだったことをおもいだそう。父親はどうか——《社会は「悲しむ」ということができません／お父さんは悲しいけれど言葉が見つかりません》（「32　バルバロイは君だ」）。なかば失語を秘めた父娘が、ひとを眠りにさそう遠いオルゴール音のように声をひびかせるのが、『アストロノート』巻末「スギトホホ」中の対話詩だった。辻征夫の「落日――対話篇」に匹敵する遙かさ。父・圭二は娘カーハと、幼児向けの哲学問答をする。論題は「死」「宇宙」「魂」「天国」「幼年という分身」などで、ときに娘の暴走する思い込みによってグロテスクにもなる。

6

それでもそれ自体の進行が、反転をくりかえす静謐な波動の時間なのだった。詩集『アストロノート』はみごとにこのフェイドアウト感覚で終わる。

（評論家、詩作者）

著者解題

『青猫以後』ノート――松本圭二

「R／F　5つの断片」

ロブ・ニルソンという映画監督について書くのがもともとの課題だった。原稿の依頼主はヒロシマの男で、ヒロシマで映画の雑誌を出していた。その男が主催するヒロシマの深夜の映画イベントで、私は初めてロブ・ニルソンの映画を観た。ロブ・ニルソンの映画は素晴らしかったが、私は同時に観たロバート・フランクの映画について書くことにした。ロバート・フランクの映画について書くことにしたのだったが、私は自分の詩や自分の仕事や自分の家族のことばかり考えていた。何かについて書く、ということが私には根源的に不可能なのだと知った。ドバイに行って、ドバイで途方に暮れていた。

「電気ネズミを巻き戻す」

夕張に行った。夕張で雪道を二時間歩いた。夕張から帰って来た。帰ったら家の中がぐちゃぐちゃだった。家の中がぐちゃぐちゃなのは子供がいるから仕方ない。「片付けても片付けても気がついたらいっつもこうなっている」と妻は言った。「ぐちゃぐちゃだね、ぐちゃぐちゃだね」と言いながら、私たちはリビングに散乱した玩具の類いを煙草部屋に投げ入れた。煙草部屋というのは、私が本を読んだりものを書いたりする部屋だ。私はその部屋のなかで別の生活を夢見ていた。これは「ユリイカ」に書いた詩。

「赤い小冊子《スイットピ》」
子供のための詩を書きたいと考えていた。子供が小さいうちに、子供のために感動的な詩を一篇だけでも書いておきたかったのだが、何度試みても失敗した。大きくなった子供がそれを読んで、若き日の父親と出会えるような美しい詩。しかし、実際には、子供が読んだら凍り付いてしまいそうな詩ばかり書いている。誰かのために書く、ということが私には根源的に不可能なのだと知った。かわりに、秘密工作員として福岡に潜伏している若い父親を主人公にした詩を書こうと思った。これは「現代詩手帖」に書いた詩。

「ガンツ」
これは図書館の業界誌である「図書館の学校」に書いたもので、初出時の表題は「ビネガー博士のラクラク健康法」となっている。依頼主は、詩を書いている私ではなく、あくまで図書館で映画フィルムの保存業務をしている私に原稿を依頼したのだった。フィルム・アーカイヴ機能を持つ図書館は福岡にしか無く、私の仕事はたいへん珍しいので、それを紹介して欲しいとのことだった。真面目な雑誌なので、真面目に書こうとしたのだが、「わしは詩人じゃ」という自己主張が大いに出てしまった。ボツでいいと思っていたら掲載され、原稿料を四万円もくれた。これはおいしいと思い、担当編集者に電話して「連載させてくれ」と頼んだが、まったく相手にされなかった。

「ハイウェイを爆進する詩」
書いた時は気付いていないのだが、明らかに「赤い小冊子」の影響下にある詩。実際に見た夢の記憶。私は高速道路をぶっ飛ばして何処かへ逃げていた。助手席に父親のような男が乗っていた。私は自分の意志で逃げているつもりだったが、いつの間にかその男に命令されて逃げているような気持ちになっていた。雨が降っていた。ひどい雨だった。視界が失われていった。「絶対事故る」と思いながら、アクセルを踏み続けていた。目が覚めた瞬間に、今見ていた夢は詩に使えると思った。そういうことはたまにあるが、だいたい忘れてしまう。だがこの夢ははっきりと覚えていた。そして、これに似た設定の夢を、以後数ヶ月の間に連続して見ることになった。「ミッドナイト・プレス」から依頼されて書いたもの。

「どいつねんたる」
映画監督の青山真治について書くのが課題だった。「ユリイカ」からの依頼だ。青山真治特集をするので何か書けと。『EUREKA ユリイカ』という彼の映画が大きな話題になっていた頃だ。冗談かと思った。詩が映画に媚びを売るようで、なんとも気が滅入った。「売れる人はやっぱり違う。どこかギラギラしてる」と妻は言った。私は彼の『Helpless』を詩でリメイクすることにしたが、気分が乗らず、阪本順治の『どついたるねん』を噛ませることにした。最後はどうでもよくなって、もうこんなもん知るかと思って、脳が沸き立つまま滅茶苦茶に書き殴った。さすがにこれはボツになるだろうと覚悟していたが掲載された。もう何でもありだと思った。

「卑屈の精神」
フランスのセルジュ・ダネーという映画批評家が死んで、その著作が邦訳された。『不屈の精神』というその邦訳本を、私は一字一句読み逃すまいと思いつつ丁寧に読んだ。しかし、私には彼の言葉が、「不屈」どころか「卑屈」に思われたのだった。それは敗者の言葉に似ていた。ちょうどその頃、河出書房新社からゴダールのムック本への原稿依頼があった。ゴダールが撮った『ウィーク・エンド』と『楽しい科学』について書いて欲しいとのこと。私はゴダールの言葉も基本的には「卑屈」だと思っていたので、ゴダール自身になりすまして、自作についての卑屈なコメントを捏造してみた。引用は一切ない。

「青猫以後」
精神の渾沌に向き合うことが困難になりつつあった。仕事を持つ社会人として、また家族を持つ生活者として自分のことは後回しにするしかなかった。苛々しても仕方ない。しかし苛々する。詩人の栄光はこんな暮らしの中からは生まれないと思った。見るもの触れるものを壊してばかりいた自分が、いつの間にか「おりこうさん」を演じているような気がしていた。それが死ぬ程いやだった。ピリピリしていた。異様にピリピリしていた時にこれを書いた。「ユリイカ」に掲載した時はタイポグラフィックな組版にしたが、それを再現するのは困難なので、ここではテクストの原形を収録した。私は「青猫以後」を核とする長篇詩集を構想していたのだが、ちょうどその頃「鎌田哲哉」という真性の青猫に出会い、その構想を棄てた。私が「青猫以後」を生きるのは当分先になるだろうと思ったからだ。

「中也と秀雄と赤ん坊」
小林秀雄について書くというのが課題だった。依頼主は河出書房新社。無理だと思ったが引き受けた。

私はまともに読んだことのない小林秀雄をこの機会に読もうとしたのだったが、やはり無理で、中原中也の日記ばかり読んでいた。そして、「赤ん坊」をキーワードにしてこの原稿を書き始めた。短期戦を気取っていた中也にとって赤ん坊というのはひたすら厄介な存在だったろう。長期戦を覚悟して着々と備えていた秀雄には赤ん坊と距離を置く余裕があった。些細なことかも知れないが、この違いは大きいと私には思われた。しかし原稿を書き進めるうちに、どっちもどっちだという気がして来た。

「半魚」
これは十二年前にある人物から依頼され書いた映画のシノプシスを原形としている。「非破壊検査」という題名のシノプシスを私は書いたのだったが、映画の製作が見送りとなったので、日の目を見る事無く、また原稿料も出なかった。私は「非破壊検査」の原稿を棄てずに持っていた。何も書く事がなくなったら、それを引っぱり出して、時間をかけてまともな読み物として完成させたいと考えていた。初版『アストロノート』のゲラを通読してみた時、私は何かが足りないように思い、「非破壊検査」を不意に思い出し、この機会に完成させてやろうと思った。夏の間のおよそ二ヶ月間、私は詩集の校正をそっちのけにして、その作業に没入した。しかし完成させるには時間が足りなかった。それに完成させたとしても、詩集に編入するには長大すぎるだろうと思われた。私は「非破壊検査」のなかの一つのエピソードだけを抜き出し、それを仕上げ、「半魚」と名付けた。

「1989」

またしても河出書房新社。今度は「セックス・ピストルズ」について何か書いてくれという。とりあえずピストルズの歌詞をネタにしようと思ったのだが、私が持っているCDは輸入盤で歌詞がついていないことに気付いたのだった。仕方ないので、ピストルズは無視することにして、私自身のパンク時代を思い出しながら詩を書いた。パンク時代と言っても、バンドをやっていたわけではない。そんな仲間はいなかった。髪を脱色して、ボロボロの古着を着て、アパートで寝ていただけだ。夜中に起きて、犯行声

10

明のような詩を書いていた。自滅する前に何かを攻撃しておきたかった。

「ハリー・ボッターと二つのエレジー」

雑誌「早稲田文学」がリニューアルしてフリー・ペーパーになるという。その前に、編集長が自分のやりたい企画をやっておきたいと。それが「賭博特集」で、僕は「パチンコ」を担当することになった。パチンコとスロットに僕はこの二〇年間でおそらく新車二台分はゆうにつぎ込んでいるはずである。そこでその新車二台分の損失を取り戻すべく、半年間ほどあれこれ妄想に浸り、後世に残るような傑作エレジーを書こうとしたのだった。雑誌掲載時はレイアウトに懲りまくった凄まじい誌面構成になっているが、詩集でそれを再現するのは諦めた。

「エデンの東」

いつか「エデンの東」という題の詩が書きたいと思っていた。ニューヨークで大きなテロがあったあとで、この詩を書いた。僕の詩には何度かジェームズ・ディーンが登場するが、それはいつも「いじけ

た弟」のイメージであって、そのイメージは言うまでもなく映画『エデンの東』から来ている。だから「エデンの東」という詩はいじけた弟の詩になるはずだった。ニューヨークのテロの影響下で書いた詩に、なぜ「エデンの東」と名付けようと思ったのか、今となってはよく覚えていない。直感的に、このテロがいじけた弟たちによる行為に思われたのかも知れない。矢立出版の「投壜通信」のために書いた。

「誰にも捧げない詩」
中原中也賞の発表の日、私はたまたま北海道にいた。家族でスキーをしに行ったのだった。私はスキーをしなかった。したことがないからだ。それにスキーどころではなかった。受賞者には電話連絡が来ることになっている。私は携帯電話を片手にロッジでビールを飲み続けていた。携帯電話は鳴らなかった。その翌年も北海道にスキーをしに行った。今度はスキーをしてみた。初挑戦だ。ゲレンデでこけまくっていたら、携帯電話が鳴った。扶桑社の「en-taxi」という雑誌からだった。「自衛隊のイラク派遣」についての詩を書いて欲しいと。こっちは白い坂道と

格闘している最中だ。今ごろ電話して来るなと怒鳴りたくなった。電話をくれるなら去年くれよと。むろん神様に対してだ。中也とイラクと北海道。テロとスキーと自衛隊。私にとっては全部が暴力的だ。これは暴力に条件反射したような詩。

「戦争まで」
福岡の百道浜という所は海辺の埋め立て地で、まるで映画の書き割りのような人工都市になっている。職場が百道浜、住んでいるマンションもその周辺だから、私は福岡に来てからずっと百道浜周辺をうろついているわけだ。この詩も百道浜周辺をうろついているだけ。とにかく家にいたくない家に帰りたくない職場にも行きたくないという完全逃避の詩。だから「戦争まで」の戦争とは家庭崩壊を意味しているる。工都・四日市への回帰を今さらながら希求しているのは、ここから逃げたいという一心による。だが逃げられないのだ。どこもかしこも収容所ばかり。これは「早稲田文学」に書いたもの。私はこの詩を膨らませてもっと長い作品に仕上げようとしたのだが上手く行かなかった。その失敗作は雑誌「重力

02」に載っている。同じく「戦争まで」という題の作品だ。

「精神のピーク」

とある小出版社が企画した「現代詩人アンソロジー」に第一詩集『ロング・リリイフ』を再録することになった。ついては自己紹介的なエッセーも書いて欲しいと。それで書いたのがこれだ。私は詩集本体とエッセーを送った。大切な詩集なのでなるべく早く返却するようにお願いした。ところが詩集は戻って来ない。製作はいつまでたっても具体的に進行しない。連絡も来なくなった。このまま企画が流れるのはかまわないが、詩集を取り戻さないといけない。送ったのは手元に残してあった三冊のうちの一冊なのだ。私はしつこく電話をし続けた。担当者がころころ変わった。最後は「社長を出せ！」と怒鳴り散らした。「わしは川西組でマムシと呼ばれた男だぞ」と。それでやっと返してもらった。ついでにこのエッセーも引き取ったのだった。川西組というのは実家の土建屋の名前で、私は人夫さんたちにマムシと呼ばれていた。ヘビ年生まれなので。

「スギトトホ」

第四詩集の製作が行き詰っていた。無神経な連中ばかりでどうしようもない。みんな死んでしまえ。そんな気分の時に「ユリイカ」から久しぶりに詩の依頼があった。私は青土社には詩集の製作こそをお願いしたいのだ。何度相談しても断られていた。じゃあ依頼なんかして来るなよ。そう思ったものだが、もちろん口には出せない。「トホホ」である。この詩は最初「トホホギス」という題だった。そっちの方が分かりやすかったかも知れない。でも私は「もうやってられるか！」とちゃぶ台をひっくり返したい気分だったので、「ホトトギス」をそのまま反転させる方を採った。この詩の後半部分、つまり詩集全体のエンディングはあとから書き足したもの。

（前橋文学館特別企画展図録『松本圭二　LET'S GET LOST』から転載）

半魚の計算通り。

あっけないほど上手く行った。呼び出されたのが半魚本人だったら、こんなにも上手く行かなかったのではないかとポエゾーは思った。自分がまるで兄ポエジに変身しているような気持ちがした。

「約束してくれるか？」と熱血教師。

「そのかわり……」

そのかわりに？

思いもよらぬ言葉がポエゾーの口をついた。ポエゾー自身、なぜそんな言葉が不意に出たのか判らなかった。そのかわりに、何だ。半魚、その代わりにおまえは何を要求するつもりだったのか。

「そのかわりに、一人も処分するな」とポエゾーは言った。

意味のない要求だ。学校側が誰も処分できないだろうことはわかっている。まさか野球部員だけセーフにするわけにもいかないだろう。でも他に思いつかなかった。ただ、ポエゾーは念を押しておきたかった。自分のためにか。それもある。それもあるが、ポエゾーが意識していたのは半魚のことだった。「一人も」というのは、ほとんど「半魚を」と言うのと同義だった。思いつきとしてはなかなか気の利いたセリフだった。熱血教師は「さもありなん」という顔をし、黙ったまま何度も頷いた。

これで取り引きは成立した。

教室に戻ったポエゾーはそのまま着席して授業を受けた。教師は妙にうろたえ、生徒たちはざわついた。鞄を手にして教室を去り、二度と戻ってこない、というパターンを予想していたのだろう。無期限の自宅謹慎、そして、なしくずしの自主退学。ふつうならそれが妥当な処分だった。

休み時間になってもポエゾーに寄り付こうとする者はいなかった。よっぽど気合いの入った顔をしていたのだろう。だが次の授業で一眠りすると、緊張が取れたのかポエゾーの表情も軟らかくなった。それまでポエゾーと目を合わさないようにしていた共犯者の一人が、やっと声をかけてきた。

「どうだった。おれたちどうなるんだ」

「知るか」

おまえたちがどうなろうと知るか。ポエゾーは思う。おまえらだっておれがどうなろうと知ったこっちゃ無いだろう。

「おれらの名前は?」

「心配すんな。誰の名前も言ってないよ」

嘘だ。一人残らず吐いた。

昼休みに半魚のクラスに行った。あいつにだけは一先ず報告しておこうと思った。顔を背けるやつが何人もいた。半魚はいなかった。いつのまにか消えたという。

嫌な予感がした。

耳の奥がキーンとしていた。

午後になってポエゾーはもう一度呼び出しを食らった。今度は学長室だった。学長室に学長はいなかった。かわりに、派手なセーターを着た大男がいた。まともな商売をしている人間には見えなかった。男は野球部の後援会長だと名乗り、虫けらを見るような目でポエゾーを睨み付けた。

「おまえ大それたことをやってくれたのお」と男はいい、次の瞬間ニヤリと嗤った。

「あんまり学校や先生に迷惑かけるな。わかっとるな」と封筒を差し出した。

「わかっとるやろな、え?」

ドスの利いた声だ。年季が入っている。こいつヤー公か。ポエゾーは殴られると思った。封筒を受け取ることもできないまま、硬直していた。男は、ポエゾーの学生服のポケットに封筒を無理矢理ねじ入れた。

「おとなしくしとけよ。おまえがうろちょろするとみんな迷惑するんや。おまえも、おまえの親も、ホンマならただでは済まん。ええか。わかっとるな。学生の分際で、何やっとるんだおまえらは。学生は黙って勉強しとけ。黙って勉強しとったら、わしらがええようにしてやるから、あとは大人の言うとおりにしとけ。わかるな？　取り巻きにもよう言い聞かせとけ」

恐ろしい目だった。「ただでは済まない」という言葉に凄みがあった。ポエゾーは卑屈にうなだれたまま、子供の声で「はい」と返事をしていた。

封筒には、たぶん金が入っている。

口止め料か。

ポエゾーは恐くなった。とてつもなく恐くなった。半魚に会いたい。半魚に早く相談しなくては。しかし……今はとにかくこの場から逃げ出したい。教室に戻ったポエゾー。今度は鞄を持って、走るように教室をあとにした。遠いざわつきを背後に感じた。

工都。

夜だけが美しい。

夜になれば、コンビナートの誘導灯が数千と光る。

それは暗闇に浮かぶ、べつの都市だ。

いつものようにゲーセンで半魚の合流を待つポエゾー。来ない。共犯の雑魚どもも来ない。昨日の今日でみんなそれどころではないか。でもあいつだけは違うはずだ。本当の首謀者だからな。来いよ半魚。おまえがおれたちのリーダーだろ。

半魚来い。

三〇万が入った封筒が重い。重くて痛い。恐い。半魚来い。

半魚。

ずるい半魚。

来ない来ない半魚。

ゲーセンに半魚は来なかった。それから一週間、二週間、学校にも出て来ないのだった。

電話もしてみた。半魚に電話するのは初めてだった。誰も出ない。

ポエゾーは何度も電話した。何度電話しても誰も出ない。

親ぐらい出ろよ。誰も出ない。おかしい。

もうすぐ冬休みだ。

このまま消えてしまうのか。

ポエゾーは放課後のゲーセンで半魚を待ち続けた。

いつ来るかも知れない呼び出しにビビリながら、すがるような目でポエゾーを見ていた共犯者たちも、何もないまま日々が過ぎると態度が弛んできた。のこのこと集合場所のゲーセンに顔を出すやつもいた。ポエゾーが睨み付けると、バツが悪そうな顔をしてそそくさと消えた。

クリスマスだ、お正月だ、町も、あいつらも浮かれている。

ヤバイと思った。

あいつらやっぱり何もわかっていない。雑魚どもは、そのうち勝手に盗みの続きを始めるだろう。年が明けたら、教室の商売を再開するかもしれない。

釘を刺しておく必要がある。

もう学校や警察だけが相手じゃないんだぞ。ヤー公が絡んで来てるんだぞ。

雑魚どもに召集をかけて、口止め料を分配して、窃盗集団の解散を宣言するのは誰の役目か?

半魚だろ。

リーダーは半魚。

その事実は歪められない。

この商売を始めたのは半魚。ポエゾーも盗品調達を手助けした。大いに活躍した。しかし教室で注文を取り、それを売り捌いたのはあくまで半魚。後から面白半分で盗みに加わった連中は、最初こそ見張り番や死角工作に使われていたが、それから練習とばかりに注文の品を盗んでみせたが、要領を得るとあとは勝手に自分が欲しいものを万引きしていた。現金が必要だったのは半魚だけだった。

「べつに金に困っているわけじゃないよ」

いつだったか、半魚はそう言った。

「売り捌かないと、部屋じゅう盗品の山になるんだ。前はそうだった。親が泣いてたよ。それが鬱陶しいから、やめようと思ったんだ。でもな、盗癖というのは、一度心底染み付いてしまうと、なかなか抜けない。僕はそれが恐い。今も恐いよ。この商売を始めたのは、盗品を家に溜め込まないで済むからだよ。最初はそれだけだった。金のためじゃない。でもさ、いろんなやつが噂を聞き付けて注文しに来るわけさ。野球部が来た、特進クラスのやつが来た、嫌なやつも来たよ。なんでこんなやつのためにって思ったよ。それで、すぐに気付いたんだ。こいつらはみんなわかってない。自分らがやってることの意味がわかってない。わかっているのは僕だけだって気付いたんだ」

でも一人じゃキツかった。

そうだろう?

それでおれに理解を求めようとした。そうだったろう?

ここで沈黙はないぜ、半魚。

ポエゾーは半魚の不在に苛立つのだった。おまえ本当は金が必要だったのだろう?

どんな事情があるのか知らないが、金が要るんだろ。だっておまえ、商売で儲けた金をちっとも使わないじゃないか。遊ばないじゃないか。おまえの万引きは、雑魚どもの遊びとは違うよ。顔がぜんぜん違う。いつだって悲痛な顔をしていた。

金が要るんだろ。

ここに三〇万あるよ。ぜんぶおまえの金だ。べつに雑魚どもに分配しなくていいよ。

あいつらはおれが黙らせる。兄ポエジとヤー公の威力を借りて。

来いよ半魚。

水面に顔を出せ。

工都。

一九八四、冬。

半魚は眠り続ける。

あの日から。

あの日の朝、教室に入ると、すでに前日の雑魚の補導情報が飛び交っていた。

半魚に群がる共犯者たち。

「心配ないよ。僕に任せて」

しかし生徒指導から呼び出されたのは別のクラスのポエゾーだった。

教室の雰囲気があっけなく変った。

安堵の空気が漂う。

雑魚えらい。

雑魚のおかげでみんな助かった。主犯はポエゾー。やっぱりポエゾー。ポエゾーなら学校納得。なんせ黒マムの弟。おとなしそうにしているが育ちが悪い。

ポエゾーは吐くか。

あいつなら吐かんだろう。吐くのはヘタレ。あいつは黒マムの弟。吐けば兄貴の面汚しになる。ああ半魚でなくてよかった。雑魚えらい。頭いい。もうこうなったら首謀者はポエゾーにしておこう。

半魚帰れ。半魚死ね。

あっと言う間だ。

あっと言う間に半魚は邪魔者になった。

半魚さえ存在しなければ、自分たちに追及は及ぶまい。

自分たちが軽い気持ちで盗みを依頼したこの醜い小男が消えてくれさえすれば、黙って消えてくれさえすれば、それで済む。

消えろ半魚。

学校中が望んでいる。学校中が「消えろ」と言っている。

半魚はその声を聞いた。

聞こえた。

半魚はポエゾーに会いたいと思った。話がしたい。生徒指導の呼び出しから戻ったポエゾーをつかまえて、二人だけで話がしたい。でも待てなかった。

お望み通り消えてやる。

なんだこんな学校。

疲れていた。ものすごく疲れていた。午前中に帰宅して、寝た。眠り続けた。夕方、母親がコンニャク工場のパートから帰って来た。音でわかった。でもこのまま眠り続けようと思った。「壊れ物」には触れるべからず。

誰も僕に触れるな。

電話が鳴った。電話が鳴り続けている。母親は電話を取らない。いつものことだ。何に怯えているのか、誰から逃げているのか、半魚は知らない。知りたくもない。昨日までは自分が電話に出た。この家では、電話に出るのは半魚の仕事だった。でも今日からは出ないことに決めた。無視だ。電話が鳴る。何度も、しつこく、電話が鳴る。

学校からだろう。

誰が出てやるか。

眠い。

半魚は眠り続けた。一週間、二週間。母親はコンニャク工場に行って、コンニャク工場から帰って来て、家にいる間は音をさせないようにじっとしている。この家には誰も住んでいませんという振りをしている。

学校が冬休みになった。

街にクリスマスが来た。家々に正月が来た。そんなもん関係ない。

年が明けた。

学校が始まった。

半魚はまだ眠り続けていた。夕方、母親が帰宅した音で目覚める。腹が減っているのに気づく。はよ飯作れ。飯を作ると母親は寝室に閉じこもる。半魚が怖いのだ。半魚から責められているような気持ちがするのだ。一人で飯を食う半魚。飯を食うと夜になる。なんとかこの一日も終わった。あとは眠るだけ。それが母親の毎日。そんな毎日に半魚は付き合ってきた。でも今は違う。

夜を待って、夜に出かける。自転車に乗って。

分厚いセーターをジャケットで包んでも、冬の、夜の工都は凍えた。

電話は鳴らなくなった。しつこく電話して来たやつらも、ようやく諦めたのだろうと半魚は思った。学校に戻る気はまったくないが、母親に頼んで退学届を出してもらうのも面倒だった。手続き無しのまま自然消滅することを望んだ。

いつここを出て行っても構わない。

とりあえず東京に行く。

新幹線で東京に行って、アパートを借りるぐらいの金は貯まった。仕事も選り好みさえしなければみつかるだろう。学校にもおさらばした。母親ともそろそろおさらばすべきだ。

もうこんなところにいたくない。空気も吸いたくない。しかし、その前にやっておきたいことが半魚にはあった。

工都。

一九八五、二月。

夜。

出かけようと外に出ると、郵便受けに何かがむりやり突っ込んであった。引っ込ぬくと、見覚えのある本。誰の仕業かすぐに判った。ポエゾーだ。それはポエゾーのために最初に盗んだ本だった。本には分厚い封筒が挟んであった。封筒には三〇万円。

封筒の表に「今夜電話する、絶対出ろよ」と走り書きがあった。

あいつか、何度も何度も電話して来たやつは。

それで足りずに家まで来たか。

走り書きを見て、ポエゾーが来たのは今日だけじゃないだろうと思った。たぶん何度か来ている。でもこの家は誰もいない家だ。引っ越した時から居留守が習慣になっている。悪く思うな。

半魚は考えた。電話に出るか否か。この三〇万には意味がある。たぶん、うんざりするような意味だ。僕はもうあいつらとは関係ない。無視するか。ただし金は必要だ。助かる。黙ってもらっておくか。

でも何か意味がある。魂胆がある。それが邪魔臭い。もう君たちなんてどうでもいいんだよ。壊れ物に触るなよ。

その時電話が鳴った。家の中で鳴っている。

鬱陶しい。鬱陶しいが、ここで最後のケリを付けておこう。半魚は家の中に戻り、受話器を取った。

「やっと出たか」とポエゾーは言った。

「僕の勝手だ」と半魚はこたえ、「それよりこの金は何だよ」と不機嫌に問うた。

ポエゾーは事の次第を半魚に語った。偉そうに語った。万事上手く行ったと。何もかもおまえが寝ている間に自分が解決したと。心配することはない。クズどもの態度にはむかつくが、相手にしなければいい。おまえが一人でヘコむのは馬鹿げている。涼しい顔をして学校に出て来い。おまえが学校に来ないのを、あのクズどもは喜んでいる。おまえがヘコめばヘコむほどあいつらは調子に乗る。

くだらねえと半魚は思った。

くだらねえ、くだらねえ。

「とにかく一度会おうぜ」とポエゾーは言った。

工都。

残酷喫茶。

純喫茶「残酷」の二人。

一人は制服、一人は灰色の私服。

酷い顔だとポエゾーは思う。もともと酷い顔だったが、しばらく見ないうちにすっかり半魚は痩せこけている。顔色もひどく悪い。青、土色、紫がまだらになっている。ハゼに似ていると思っていたが、今日の半魚は腐りかけた青魚のようだ。腐臭を発している。

目付きもおかしい。

そのおかしな目付きで、座るなりテーブルに写真を並べる半魚。

白黒の写真だ。

夜の、コンビナートの写真だった。

「最近撮ったんだ」

誘導灯のまばゆい光が鉄の構造物を曖昧に浮上させていた。それは巨大な生き物のようでもあり、人間の内臓のようにも見えた。ポエゾーは単純に美しいと思った。写真のことは判らないが、白黒というだけで、何となく芸術的に見えた。

「おまえこんな趣味があったのか」

「まあな。君だってこっそり難しい本読んでるじゃないか。似たようなもんだよ」

「写真、好きなのか？」

「本当は映画を撮りたいんだ。でも一人じゃ無理だからね。君はあんな難しい本読んで、小説家にでもなるつもりかい？」

「暇つぶしだ」

「わかるよ、僕もそうだから。でも飽きたよ。もうぜんぶ飽きた」

「おまえ学校、やめるのか？」

「君はやめないのか？　僕はうんざりだ。よく我慢できるね」

「おれは上手くやったぜ。おまえの代わりにやったんだ。なんでおまえ一人が犠牲になってるのかさっぱりわからない」

「犠牲？　君はそうやって何でもかんでも馬鹿にしていればいいさ」

「おまえに言われたくねえよ」

ポエゾーには半魚の言葉が理解できなかった。馬鹿になんかしていない。誰にも会わす顔がなくなって、一人で落ち込んでいる半魚。それが無意味だと言ってやりたかったのだ。おまえを心から馬鹿にできるような人間は、あの学校には一人もいないよ。みんな卑しい。みんな身に覚えがある。

「なあポエゾー、君は本当に上手くやったと思うのか？　これで済んだと思ってるのか？」

「どういう意味だよ」

「これで片付いたと思うころに、必ずほじくり返すやつがいる。そういうもんだよ」

「誰かがチクるってか？　相手はヤー公だぞ」

「でも僕らがやってたことなんて、一つ一つはたいしたことないだろ。たいした物は盗んでないよ。宝石や、車を盗んだわけじゃないからね。万引きはしょせん万引きなんだよ。ヤー公の世界とは違いすぎる。あいつらはヤー公のことなんてすぐに忘れるよ。ほら、のど元過ぎれば何とかってやつだ。僕のことも忘れてるだろ。君のことだって忘れようとしているんじゃないか。そうだろ。早く消えろって顔しているだろ。鬱陶しいんだよ、君が。あいつらはまたやるよ。この味を覚えたら、どうしても抜けられないやつはいる。あいつらのなかにも絶対いる。それで捕まったら、また君の名前が出るんだよ。何も考えないで、条件反射みたいに出すんだ」

「甘いぜ半魚。おれは徹底的に口止めしたよ。あいつらだって馬鹿じゃない。遊び半分でやったことと、そうじゃないことの区別ぐらいはつく。万引きなんて勝手にやらせておけばいい。勝手に捕まればいいよ。でもな、おれの名前は出ない。おれはヤー公の側に寝返ったことになってるからな。学校もそれを知ってることになってるからな」

「でもあいつら、金、受け取らなかったんだろ?」

「ああ。ヤー公からの口止め料だって言ったら、みんなビビってしまった」

「君が一番ビビってるんだよ」

やっぱり君は何にもわかっていないと半魚は言った。ヤー公が絡んで来ているのは、学校の名誉のためなんかじゃない。生徒の進学のためでもないし、野球部員のためですらない。野球部後援会が、学校OBや地元企業から集めている、多額の寄付金のためだ。何千万の金だ。

「何が言いたいんだ半魚」

「だからまだ終わってないってことだよ」

「じゃあおまえが終わらせろよ。勝手に学校やめたぐらいで、責任とった気になってんじゃねえよ!」

何が責任かと半魚は思った。ポエゾーだって責任逃れしようとしたじゃないか。三〇万にビビったんだろう。それを三〇人かそこらの雑魚どもと山分けして、みんなで責任を共有しようとしたんだろう。そんな金、誰が受け取るかよ。あいつらだって馬鹿じゃない。それはポエゾーの言う通りだ。そんなヤバイ金は受け取らない。持っていたくない。ヤー公なんかと少しでも関わりたくないんだ。ポエゾーはどうだ。僕が貧乏だから、恵んでやろうと思ったか。美談かこれは。惨めったらしい美談だ。冗談じゃない。馬鹿にするのもいい加減にしろ。ポエゾーには都合のいい話かも知れないが、僕にはぜんぶお見通しだ。ポエゾーは怖かったのだろう。その三〇万を持っていたくなかったのだろう。それを僕に押しつけようとした。それで責任を回避しようとした。そうじゃないか。

まだある。

それだけじゃない。

それだけじゃないだろう。半魚は考える。ポエゾーは徹底的に口止めしたと言った。でもあと一人残っている。犯罪計画の全貌を隅々まで知っている最悪の一人が残っている。そいつは学校にも出てこないで、自暴自棄になって家に閉じ籠もっている。そのうち何をしでかすかわからない。こいつを口止めしない限り何も終わらない。そういうことだ。口止め料の三〇万を何とかして受け取らせて、言い逃れできないようにするのがポエゾーの魂胆だ。しつこく電話して来たのも、家まで押しかけてきたのも、そのためだ。ポエゾーは最初から僕のことを疑っていた……。

半魚の内部に暗くて湿った感情が広がる。邪悪な感情だ。

「とにかくこの金は受け取れない、返す」

半魚は三〇万入りの封筒を突き返した。ポエゾーの表情がみるみる変わった。困った顔を通り越して、卑屈な苛立ちをあらわにした。「ほれ、やっぱりな」と半魚は思った。

「これはおまえの金じゃないか。もともと半魚よ、ぜんぶおまえが仕組んだことだろ」

「ヤー公から受け取ったのは君だ」

「汚ねえな」

「汚いのは君だよ。僕を口止めしようたって無理だ。せっかくいい話を聞かせてもらったんだからな。いいかいポエゾー、さっきも言ったけど、僕らがやったことなんてたいしたことないよ。それよりもだ、学校がその事実を揉み消そうとしたことの方がよっぽど問題だよ。ヤー公に頼んで、金まで使って、生徒に口止めさせようとしたんだろう。暴力と金に頼ったわけだろう。これは大問題になるんじゃないか」

「そりゃバレたら大ごとだろうよ。でもその時はおれもおまえも終わりだぜ。学校やめるだけで済むと思うか。もうこの町から出て行くしかないぞ」

「悪いなポエゾー。僕はもう出て行くんだよ。東京に行く。いいか、君たちから追い出されるわけじゃないよ。好きで出て行くんだ。自分の意志でね。あとのことなんか知らない。君はなんでもかんでも馬鹿にしていればいいさ。出て行くついでに、僕は投書の一つぐらいするかも知れないよ。本当に終らせるためにはそれが一番いいと思うよ。ぜんぶバレて、君たちがヤー公から絞められているころには、僕は東京で新しい生活を始めているだろうよ」

さあどう出るポエゾー。君も熱血教師みたいに泣きつくか。泣きついてみろよ。君にはそれが似合ってるよ。読書好きの小心者だろ。ヤー公の真似して、僕に口止めを強要するなんて百年早い。ヤー公は君に直接脅しをかけてきたろう。だから僕もそうする。その方がマシだから。君はもっと姑息なやり方で、遠回しに、僕に脅しをかけてきたんだ。脅しの自覚もなくだ。しかも僕を哀れむふりまでしてな。まったく馬鹿にしてやがる。

「アホらしい」とポエゾーがつぶやいた。

半魚には意外な言葉だった。勝負はついたはずだ。この期に及んでまだ虚勢を張るつもりか。

「なんでもかんでも馬鹿にしているのはおまえじゃないか。もうおまえの好きなようにせえよ。付きあっとれんよ。最低だおまえ。おれはもう腹を決めたよ。もうおまえに遠慮する気はない。おれも好きなようにさせてもらう。この金は学校に返すからよ。

それで本当のことをぜんぶ言ってやる。おまえが首謀者だったってな。それだけじゃない。おれに責任をなすりつけて、影でいろいろ言いふらそうとしてるってな。学校に復讐しようとしているって言ってやるよ。事実だろ？　おまえがやりたいのは復讐だろ。それだけだろ。いったい誰がおまえに何をしたっていうんだ？　おれが何かしたか？　卑屈なのはしょうがねえよ。おれらは卑屈な人間の寄せ集めだからよ。だけどおまえの卑屈は病気だ。ありもしない敵を作って、ありもしない傷を受けて、勝手に被害者になって、勝手に復讐しようとしている。おれにはそうとしか思えんよ。何を被害者ヅラしてるんだ。おまえが一番の加害者じゃないか」

ああ切れたな、と半魚は思った。こいつもう泣きそうだ。ここがポエゾーの限界だったか。もう耐えきれなくなったんだな。重すぎたか。ぜんぶ吐きだして楽になろうとしているな。こいつは明日になったら本当に吐くぞ。もうギリギリだ。勝った。

「冗談だよ。そうムキになるなよ。もうやめるよ。やめにしよう。僕がこの金を受け取ればぜんぶ終わりだ。それでいいか？」

「ああ」

「そのかわりに……」

そのかわりに？　何だ。まだ何かあるのか。

「ちょっと手伝ってほしいことがある」と半魚は言った。

また犯罪かとポエゾーは思った。

「もういいよ。もう勘弁してくれ」

「まあ聞いてくれ。今からする話は誰にも言うなよ。あのな、僕、コンビナートの写真撮ってるだろ。夜、自転車に乗って、こっそりコンビナートに忍び込むわけさ。一応立ち入り禁止になってるからこっそり入るんだ。最初は見つかったらヤバイと思って、すぐ逃げられるようにあんまり奥の方まで行かないで、こそこそ撮ってたんだ。でもさ、もう昔とは違うんだよ。今は、夜中まで作業している人間なんてほとんどいない。勝手に入り込んで夜釣りしている連中がいるって聞いたことがあるけど、なんせこの時期だろ。寒くて釣りなんてできないだろ。だから誰もいない。誰もいないから、警備員も詰め所に入ったまま出てこないんだ。うろうろ見回らないわけさ。それでさ、もうこそこそしなくてもいいとわかったら、もっと奥へ行きたくなってさ、どんどん、どんどんコンビナートの奥の方まで入って行くようになったわけさ。いろんな、配管だらけのぐにゃぐにゃした工場を通り抜けて、埠頭の倉庫街も越えて、古い化学プラントがある辺りまで行った。そこで思い出したんだ。このまま進んで、コンビナートの端っこまで行けば、その先にな、むかし、小さな集落があったんだ。僕が小さい頃に住んでた集落だ。今はどうなっているだろうと思った。とっくに消えているはずだけどな、とにかく行ってみようと思ったわけさ。何が建っているか見ておくのもいいと思ってさ。行ってみたよ僕は。そしたらさ、そのままなんだよ。何にも手をつけていない。腐った廃家が七、八軒そのまま残ってる。放ったらかしだ。

見るかい、その写真。

ほら、これだよ。

何も写ってないだろ。

暗すぎて写らない。

でもな、暗いからよく見えないけどな、ボロボロの廃家が、棄ててあるわけさ。懐かしいというより、何か知れんぞっとしたよ。嫌なものを見てしまったような気がした。幽霊とか、そんな感じの、とにかく嫌なものを見てしまった気がした。それで、何でこんなにぞっとするのか考えたんだ。何かが引っかかる。帰り道もずっと考えたよ。何かが思い出せそうな気がするわけだ。何かを忘れている。だいじなことを忘れている。それが思い出せない。そういうことってあるだろ。

君が三〇万置いていって、それから電話でいろいろ事情を聞いたよな。正直に言うと、僕はもう関わりたくなかったから、嫌だなあ、嫌だなあって思ったんだよ。逃げても

逃げても君が追いかけてくる。恐いと思ったよ。三〇万が、僕も恐くてな。そんなまとまった金、触ったことないからな。とにかくその三〇万をどこかに隠そうと思って、部屋のなかで隠し場所を探していたら、突然思い出したわけさ。はっきり思い出したわけじゃないよ。大昔のことだからな。笑うなよ。僕な、引っ越すときに、どこかのおっさんから、おまえの親父は殺されたんだって、聞いたような気がするんだ。殺されてそのへんに埋められてるって、聞いたような気がするんだよ。確かな記憶じゃないよ。でもそんな気がするんだ。それを思い出した。へんな話だろ。まあな、親父が急にいなくなって、ガキの頃に、勝手にそんな想像をしていたのかも知れん。そんな想像をしていたような気もする。そんな想像でもしないと、やってられんかっただろう。だからポエゾー、これは半分嘘っぱちかも知れん。僕にもようわからん。とにかくそんな気がするというだけの話なんだ。でもな、僕な、確かめたくなってきたんだよ。ほじくり返したくなってきた。あの集落に行って、親父の骨を探してみたくなった。ただの思いつきだよポエゾー。どうせ骨なんて出て来ないだろうと思う。でも探すだけは探したい。東京に行く前に、それだけはやっておきたいんだ。どうだ、手伝ってくれるか？」

「夜中に、探すのか？」

「いや昼間だ。夜中じゃ暗すぎるし、懐中電灯も目立つ。雨の日がいい。雨合羽を着れば作業員と見分けがつかないから」

土砂降りの雨のなか、雨合羽の姿で、土を掘り返す二人。そんな情景を思い浮かべるポエゾー。真冬だ。寒くて死にそうだ。いくら雨が降っているからって、昼間にそんなコンビナートの奥の奥まで本当に行けるのか。その棄てられた集落というのも、気味が悪いじゃないか。

「ちょっと待ってくれよ半魚、おれには、やっぱ、できんよ。本当に骨が出てきたらどうする？」

「どうもしないよ。今さらどうもこうもないよ」

「ヤバいんじゃないか。相当ヤバいんじゃないか。おれは何か嫌な予感がする。もうほじくり返さんほうがいいよ。そっとしておいた方がいい」

ポエゾーもこの町で生れ育った人間だ。あの辺りで、むかしむかし、高度経済成長のころ、何があったかぐらいは知っている。半魚がやろうとしていることは、たぶんこの町が一番忘れたがっている過去を、ほじくり返すことだ。

「な？　君も嫌な予感がするだろ。一〇年も放ったらかしにしておくか？　使えない土地だったとしてもだ、ふつう家屋の取り壊しぐらいするだろ？　あの土地は企業に買い取らせた土地だよ。住人らが売り付けた土地だ。目障りだろ。企業と揉めた、呪われた土地なんだよ。やっぱり目障りだろ。企業にすれば目障りだろ。壊すよ、絶対。何もなければ壊す。何かがあるから壊せないんだろう。そう思わないか？　手をつけると何かヤバいものが出て来るんじゃないか？」

半魚はその集落が「コンビナートの端のその先」にあると言った。ならば最後の最後まで揉めた土地のはずだ。漁村。古い漁村。かつて漁村だったころの面影が残る集落。この町の、ある時代の、最悪の土地だ。たしかに何があっても不思議ではない。

「地図から消された集落が、まだそのまま残ってるなんておかしいじゃないか。あの土地はな、ポエゾー、陸からは見えないんだよ。コンビナートが隠しているからね。でも海からだったら、はっきりと見えるはずだ。あるんだよ、ちゃんと。やっぱりおかしいじゃないか」

半魚はへんな目をしている。もうマトモじゃない。

半魚の妄想がポエゾーに伝染する。

この町は、石油コンビナートで発展した。そんなことは小学生でも知っている。石油コンビナートは海に工場廃液を垂れ流し、煙突から吐き出された煤煙は空を汚した。やがて海辺の人々は公害病に苦しみ、環境汚染が社会問題となる。住民による訴訟。

その歴史的勝利。それもこの町の小学生ならアホでも知っている事実だ。その後この町は、公害対策に取り組み、今ではそれを克服したことになっている。

しかし海辺の人々は、コンビナートの拡張を期待していた。あてにしていた。順番待ちをしていたのだ。企業による土地の買い上げ、企業が用意した近代的な集合住宅への移住、工場労働者としての雇傭。漁村といっても、もはや漁業だけで暮らしていける状況ではなかった。細々と、貧しい暮らしを続けていたのだ。コンビナート来い。もっとこっちまで来い。早く来い。どんどん拡張しろ。それが駄目になった。コンビナートの無軌道な拡張が、公害問題で見直しを迫られた。住民は勝利し、コンビナート近隣に残された集落だけが割を食った。こんな土地に住み続けろと言うのか。コンビナーだ。こんな土地に人間が住めるはずがない。コンビナートに囲まれて、どうしようもない。コンビナートの敷地内を通らなければどこにも行けない。ヘドロの海が急速に恢復するはずもない。

近隣の集落は、土地の買い上げとその後の生活の補償を、企業と行政に要求し続けた。行政は無力だった。企業にとっては、すでに必要のない土地だ。事業計画の立てようがない土地だ。交渉は長引く。長引けば長引くほど集落住人の足並みは揃わなくなる。小さな集落だ。議員もあてにできない。すでに訴訟は一段落したのだ。もう政治的には解決したことだ。疲れ果てたころに、町の有力者というやつが介入してくる。町の有力者というのはようするにヤー公のことだ。この問題は金が絡む。へんな金が絡む。それが目当てだ。そんなことはわかっている。わかっているが、頼るしかない。

「おまえの親父だけが、ヤー公の介入を拒んだというわけか」

「そうかも知れない」

「それで殺されたんだな」

「そう思うんだ。ヤー公と、集落の連中が共謀したんだ。たぶん企業も役所も知っていることだ」

「おまえの母親も知っている」

「そういうことだ。口止めされているのさ。この町から脅されて、ずっと、怯えながら暮らしている」

「それを暴くんだな」

「わからない」

「いいじゃないか。やれよ。この町に復讐しろ！」

「手伝ってくれるか？」

「知るかそんなもの。おまえの問題だ。おまえが勝手にやれよ。もう誰も巻き込むな。

いいか半魚、おれはこの町に何の恨みもないよ。何の関心もない。そんな息苦しい過去はおれにはない。それはおまえの過去だ。おれには関係ないよ。関係のしようがないじゃないか。おれは反対しないぜ。やれよ。どんどんやれ。脅迫でも恐喝でも何でもやれよ。いっそのこと殺してしまえ。気が済むようにやれよ。一人でやれ。いいか、一人でやれよ。首謀者はおまえだ。今度は間違えるなよ」

半魚の口が歪んでいる。嗤っているようにも見える。醜い顔だ。

「おまえ東京に行くんだろ。さっさと行けよ。何をもたついてるんだ。おまえを見ているとイライラするぜ」

黙る半魚。

黙魚。

それとも木魚か。

ポエゾーは木魚をポクポク叩く。

「あのな半魚よ、おまえはな、たまたま昔の家がまだ残っているのを知って、何かが取り戻せるような気がしたんだよ。それだけだ。出て行った親父や、むかしの、楽しかったころの家族の暮らしがな、取り戻せるような気がしたんじゃないのか。でもな、そんなもん、いまさら取り返したって、嬉しいか？　べつに嬉しくないだろ？　それにもう無理だ。おまえが考えてることは無いものねだりなんだよ。時間を取り戻そうとしているようなもんだ。無理だよ。

ここにはもう何もいいことなんかないよ。

東京へ行きな！

早く逃げた方がいいぜ！」

ポクポクポク。半魚が泣きかけている。

ポクポク。

ポク。

ああ、また調子に乗って偉そうなことを言ってしまった。

いつもこうだ。

いつも人を攻撃してしまう。

半魚のように、学校をやめて東京へ逃げる根性は、おれにはない。小さな町のなかを、狭い家のなかを、うろちょろ逃げ回っているだけだ。兄ポエジの影響下から、いつまでたっても抜け出せない。半魚はおれの、そんなぶざまな正体を、すっかり見抜いていることだろう。どの口で半魚に説教できるか。

何か言えよ。

何か言い返せよ半魚。

工都。

一九八五、二月。

残酷喫茶。

「じゃあな、僕もう行くから、東京に」

半魚が消えようとしている。

「その写真、君にやるよ。僕な、本当はな、ロックバンドやりたかったんだ」

冗談のように、恥ずかしそうに、半魚はそう言った。

「君も早く立ち直れよ」

それが半魚の最後の言葉だった。ポエゾーは黙ったままその言葉を聞いていた。目の前にばらまかれたコンビナートの写真を、うつむいて、ただじっと眺めていた。顔を上げると、もう半魚の姿はなかった。ひどい別れ方だとポエゾーは思った。

返事の一つもできなかった。

……ロックバンドかよ。

早くそれを言えよ。

「無いものねだり」だなんてもう言わないよ。

どうしてロックバンドのかわりに万引き集団なんだ。

それがおれらにはお似合いだからか。

誰も笑うなよ。

笑うな。

おまえの言う通りだ。

おれはまったく立ち直ってなんかいない。

これから一人ですべきこともわかっていない。

おまえは立ち直れるか。

おれは立ち直れないだろうよ。

もう立ち直る気もねえよ。

疲れた。

どうしようもない。

眠い。

ポエゾーはコンビナートの写真の一枚を手に取る。黒い写真だ。暗闇の写真。その暗闇の向こうに、半魚の、棄てられた集落がある。半魚は本当に東京に逃げたのか。その暗闇のなかに入っていったのではないか。もう永遠に出てこないつもりではないか。

1989

東京の蒲団のなかに潜っていた
僕は考えていた考えるのが好きだった
夜はまったく眠れなかった朝が来ても眠れなかった
午後になって少しうとうとした夕方になると腹がへった
ラーメンを食べると夜になった絶対に眠れない夜に
僕はずっと考えていた蒲団のなかで
何を考えていたのかもう思いだせない何か
考えることがあった考えなければいけないことが
あの頃は考えるのが好きだった一日中考えてばかりいた
何もすることがなかった何もしたくなかった

何をしていいのかわからなかった何もしなくていいと思った
時間潰し時間潰し真っ黒
真っ黒の蒲団のなかで考えていた人を殺すこと、たぶん
自分が死ぬこと、たぶんそんなことを考えていたもう思いだせない
途方も無い計画があった復讐の計画が、たぶんそんなこと
たぶんそしてもっと美しいこと、ありえないこと
巨大な崩壊と巨大なポエジーの到来と巨大な
巨大な何か警察のようなやつの到来不安と不安と不安と
僕は考えていたんだ何かが来てそれから
僕は何かになる何か、何か途方も無いものになる
自分以外はみんなアホばかりだと思えた思っていたそう考えた
自分以外はみんなアホだった

壊れかかっていたピコピコ
ギリギリセーフだったセーフだと思い込んだ
病院に行けとみんなに言われたみんなに、みんなみんな

親兄弟教師から病院に行けと言われた友人は失った
友人は猛スピードで失ってしまった友人なんて一人もいらない
一人もいらないもともと一人もいらなかった、ということを猛スピードで確認
していたのだ、たぶん、友人なんて一人もいらないそんなものは
そして僕が行く病院というのがどこにあるのか
わからなかった誰も教えてくれなかった遠い病院だと思った
薬は欲しかった不思議な薬がでもめんどくさい
何もかもめんどくさい街に出るのが服を着替えるのがめんどくさい
めんどくさい風呂に入るのが電話にでるのが
ぜんぶめんどくさかった僕は臭かった
臭いからどこにも行けない
壊れかかっていたピリピリしていた物音一つが恐怖だった気になって仕方なかった自
分の出してしまう音が
息を潜めて暮らした雲隠れの犯罪者のようだった無音のＴＶを見ていた
精神がぶよぶよしていたぶーよぶよしていた
壊れかかっていたのかそんな壊れるような何が僕のなかにあったか何にもない

何にもない何にもないまったく何にもないピッコピコ
壊れかかっていたんじゃないそうじゃない完璧だったのだ、たぶん一個の
腫れ物になってじっとしていたのだ腫瘍だったのだ全身
完璧な腫瘍体として横たわっていたのだ脳だ
全部脳だった、全能だった蒲団のなかで
それは凄い蒲団だった地球大の胎内だった凶暴に膨らんでいた
生きた人間の腫瘍体を包み込む柔らかな絶望の膜だった
柔らかく温かい希望の膜だった、膜だった皮だった
絶望だった楽しかった楽しかったピコピコ

田舎の母から手紙が来て「友達とロックバンドでもやったらどうか」と書いてあった、
1989年絶句
言外に「現代詩」なんて書いていないで、というのが読み取れた顔が真っ赤になった、
真っ赤になって死にたくなった、1989年絶句
言外に「そんな気持ちの悪いわけのわからない詩」を書いていないでというのが読み
取れた、学校にも行かずまともに働きもせず部屋にこもって

そんな遺書のような不吉な書き物、理解不能な書き物に没頭しないで「友達とロックバンドでもやったらどうか」という母の提案
顔が真っ赤になったこの田舎の鬱陶しい母は僕が書いた詩を読んだのかどうか
読んでしまったのかどうか雑誌か何かで読んだかどうか、たぶん読んだのだろう
学校にも行かずバイトにも行かず部屋にこもってへんなものを書いている息子
できれば田舎に一時的にでも帰って欲しいがいくら言ってても無視していつまでも部屋にこもってへんなものを書いている息子に
もう田舎に帰って来いとは言わないからせめてそんなへんな書き物に没頭するのはやめて「友達とロックバンドでもやったらどうか」と提案
するしかない母が無償に悲しく苛立たしく顔が真っ赤になって死んだ死んだ死んだ
何度も死んだ僕は24歳だった、死に損ないだった余生が続く
ロックバンドの方がわかりやすいということかゾンビ
しかし楽器もできない歌も歌えない友達もいないでロックバンドゾンビ
なんてできるはずがない24歳にもなってやりたくもない何もやりたくないゾンビ
めんどくさい想像もできないアホじゃないか何がロックバンドでもやればなんてゾンビ

ふざけやがってそんな手紙書くヒマがあったら金くれゾンビ
金振り込んでくれ金くれ金、米やら蜜柑やら送ってくるな腐るだけゾンビ

真っ黒真っ黒時間潰し
パンクがＴＶで
日本のパンクがＴＶでやっていた
みんなパンクだった１９８９年はみんなＴＶ
のなかでパンクをやっていた情けないやつ痩せたやつ
暗いやつ顔色の悪いやつ、女と話ができないやつ頭の悪いやつ
腕力のないやつ気持ち悪いやつ
そういうのがみんなパンクになった
ジョニー・ロットンにとても似た日本の青年が目をむいて跳ねていたＴＶのなかで
パンクはみんなぴょんぴょこ跳ねるぴょんぴょこ跳ねるぴょんぴょこ跳ねる
どうしてなのか誰も知らないだけどパンクはみんなぴょんぴょこ跳ねる
おもしろいな、真っ黒真っ黒時間潰し僕は
手のひらの甘皮をむいて食べていた鼻くそを食べていた時々

深夜の交通量調査のバイトをしていた深夜の交通量調査のバイトは好きだった
夕方集合して、バスに乗って、地方都市近郊の国道に行くのだった何もない
普通の、何もない国道に行って四つ角に降ろされて一晩中淋しい
何もない国道の片隅で通り過ぎる車の数をカウントする仕事だった
バスに乗っていたのは僕よりも歳下の連中ばかりだった半分はパンクだった
いっつもパンクだったいっつもいっつも半分はパンクで、パンクと一緒にバスに乗っ
てバスを降りて僕は真夜中の田舎の国道で車を数えていた
みんなテキトーに数えていたパンクはみんなテキトーなやつらで
みんな、すごい夢があるようだったパンクはみんな嘘つきだった僕は嘘つきが好きだ、
嘘しか言えないやつが好ましい夜の、深夜の、明け方の嘘が
好きだった寒かった自動販売機に抱きついているパンク
煙草が切れて泣きそうになっているパンク幽霊の話を始めるパンク
真っ黒真っ黒時間潰し僕はバカにされないように黙っていた
詩を書いているなんて誰にも言えなかった
夜が明けたら、みんなそれぞれのTVのなかに帰っていく一人で
TVのなかで跳ねる、跳ねているたぶん

時間はちっとも止まらなかった
1989年絶句
ぴょんぴょこ年絶句

ハリー・ボッターと二つのエレジー

1／パチンコエレジー

ハリーは小学生の時に本が好きになった、古い本が
本を借りるのは嫌いだった、返すのがめんどくさいから
それでよく古本屋さんに行った、古本屋さんはハリーが来ると
子供にも読める本を何冊か、いつも出して来て
そのなかの一冊を、ただでくれた
いろんな本を読んだと思うがハリーは何も覚えていない
たぶん読まなかった、本が好きだったのだ

読書ではなく、古い本が
中学生になるとハリーは映画が好きになった
「試写会」なるものに往復葉書で申し込んだら当たった
それで、新聞に「試写会」の案内があるたびにハリーは往復葉書を出した
どういうわけかぜんぶ当たった
お金を出して映画を観るのは友達と一緒に行く時だけだった
友達が横に座っているだけで鬱陶しいとハリーは思った
高校生になるとハリーは音楽が好きになった
いや、万引きが好きになったと言うべきかも知れない
万引きして聴いた名盤の数々
それがハリーのズズっ黒い耳の思い出だ
大学生になってハリーが好きになったものは、何一つなかった
何も好きになれない、そういう心の状態が長く続いていた
東京も好きになれなかった
あいかわらず古本屋に行くか、映画館に行くか、それぐらい
大学はすぐやめた、眠ってばかり

夜中のバイトをして、昼間は眠ってばかり
それから古本屋に行くか、映画館に行くぐらい
もしパチンコに出会わなかったら
ハリーは今でもそういう生活をしていただろうか
そうは思わない
古本屋も映画館もハリーを追い出しにかかっていた
ずっとむかしから彼にはそんな予感があった
もしパチンコに出会わなかったら
いったいどうやって時間を潰したらいいのか、分からないまま
ハリー・ボッターは途方に暮れて、道端で泣いていたかも知れない

「そのほうがよかったのよ」とハリーの妻は言った。その通りだ。パチンコという避難所を見出したがゆえに、彼は苦しむべき時間の多くをスルーしてきた。それは魔法使いとしてどうなのか。魔法とパチンコ。どっちをとるかと問われたら、この二〇年来のハリーは、まちがいなくパチンコをとった。欲望の在り処として、生活習慣として、そうだったのだ。「どこに魔法使いの暮らしがあるの?」と彼の妻は問う。ハ

リー・ボッターは考える。いったい彼女はどんな暮らしを期待しているのか。魔法使いは、与えられた役割に人知れず悶々としていればいいのか。刺激的に生きたいのならばテロリストの妻になればいい。今では、魔法使いはみんなパチンコにハマっている。それでも夜は訪れるのだ。眠れない夜が。ひとしく。ゆえに、あらゆる人間は神秘的だ。ハリーは今日もパチンコに行くだろう。もうやめられない。朝、仕事に出かける妻が「あっち行って」と言う。「着替えたいから、ベッドから起きてリビングに行って」という意味なのだが、寝惚けたハリーの耳にはそれが「パッチ行って」に聞こえる。

脳は刺激が欲しい
できれば、勝ち負けのはっきりした刺激が
そして猿や人間は回転するものが好きだ
回転する丸いものが
光るもの
音がするもの
単純な運動を繰り返すものが

とても好きだ、猿や猫や犬や人間は
だいたい似ている

「どうせまた負けるのに」とハリー・ボッターの妻は言う。その通り。

光
銀球
回転体
平面上の偶然の
放出と消滅
穴
パチンコに行けば椅子がある
その椅子は猿が座ってもいい椅子だ

ハリーは一度だけ妻をパチンコに連れていったことがある。結婚する前だ。二〇〇〇円のパッキー・カードを一枚ずつ買って、「大工の源さん」という台を並んで打った。

左肩の釘を指差し、「ここを狙って打て」と呪文のように教えてやるが、彼女にはストロークの強弱が飲み込めない。放物線は乱れ、玉はまるで自らの意志でそうしているかのように、盤面の底に回収されるばかりだ。彼女は静止したままの液晶画面をうんざりした顔で眺め、それでも時々玉が入って数字や絵柄が回転しはじめると、打つ手を休めてぼーっとしている。「こんなもんのどこが面白いの？」という顔だ。この女はまったくやる気が無い。それが判ると、ハリーはたいへん侮辱されたような気持ちになり、早く店を出ようと思い、パッキー・カード二〇〇〇円分の玉をどぶに捨てるように流し打った。彼女は途中で打つのをやめて、不機嫌なハリーの横顔を眺めていた。もういい、さあ帰ろう。すると彼女は、自分のパッキー・カードがまだ一〇〇〇円分残っているから、それを使いなさいと言う。煙草のケムリとうるさい音楽にやられて自分は頭痛がしているが、あと一〇〇〇円分の時間なら付き合ってもいいと。「でも帰ろうよ」とハリーは言った。こんなパチンコ少しも面白くない。賭け事の世界にはビギナーズ・ラックというものがある。でもそれは期待感でドキドキしている人間に訪れる幸運だ。端からパチンコを馬鹿にしているような女にそんな幸運があってたまるか。ちくしょう、不愉快にさせやがって……。ところが、後日、彼女が残した一〇〇〇円分のパッキー・カードでハリーは「大工の源さん」一五連チャンをゲットしたのであった。

膨らんだ女の腹に
極太の赤色マジックペンで**777**と書く
女の肛門から二五〇〇発のパチンコ玉が出て来る
さあ確変連チャンに突入
最低の夢だ
魔法使いたちが詩的怪物と闘っている時に
ハリーは戦争に巻き込まれていた
負けてもいい戦争に
ああ回転する眼球が欲しい
回転しない眼球が暗澹たる時給の暮らしを今日も眺めている
抽選を続けるのが神様の労働か
無限の連続射撃が経済的に可能ならば
絶望なんてありえない
狂気に罰則がないように

宇宙全体に罰則がないように
ハリーはだらしがない
君は夢を見るか
見ろ
金なんてどうせそのうちがっぽり入ってくるぞ
呪文一つで脳内に入ってくるぞ

……暗闇は美しい。そこには無数の声があるからだ。無数は無限を表す。創造物には無数の穴があるべきだ。宇宙がそうであるように。そして声はその穴から聴こえてくる。穴。フィルハーモニーの井戸。咽。呼び声と叫びと呪文。一瞬の光が連続するために、暗闇は美しくあれ。精神の縁で崩れるもの、ぶつかり合い、遊び惚けるもの、美しくあれ。

2／パチスロエレジー

パチンコはめんどくさい

穴に玉を入れるのがめんどくさくなった
むかしはそれが快楽だった、穴に玉を入れるのが
昨日より美しい平面上の小宇宙と金とを獲得するために朝からパーラーに並んだ
ダッシュしてゲットしたサービス台の数ミリの釘の開放が日々の糧だったこともある
吉岡実の詩集『液体』限定復刻版サイン入りをサギノミヤの古書店で八〇〇〇円で買い
渋谷の中村書店に一五〇〇〇円で売り、儲けた七〇〇〇円をパチンコに注ぎ込み四〇〇〇円
勝った日は嬉しかったが、その四〇〇〇〇円も三日で消えた
消える、消える、お金
一日で一〇〇〇〇〇円負けた日もあれば二〇〇〇〇〇円勝った日もある
その二〇〇〇〇〇円も一週間で消えた
消えるのだお金は
この一〇年で累積五〇〇〇〇〇〇円は消えた
消えてしまえお金なんか
玉、穴、平面宇宙、消えるお金

それがハリーの時間潰しの総てだったと言える
この屈辱と苦痛に充ちた列島の片隅では
何をしてもつまらないので、ひたすら時間だけが重い
しかし…パチンコはめんどくさい
穴に玉を入れるのがめんどくさくなった
ハリーの大いなる怠惰に、パチンコは見合わなくなった
残ったのは、回転体だけである
ハリーにはもうパチスロしかない

パチスロは手が汚れる。コインはきれいに磨かれているが、うっすらへばりついた「見えない手垢」が落とせない。コインに残った他人の手垢がハリーの手を汚す。一枚二〇円のコインを五〇枚買い、それを一〇〇〇枚、二〇〇〇枚に増やすのがこのゲームだ。汚れた手からは獣の匂いがする。ハリーはその匂いが好きだ。それはお金の匂い、いわゆる銅臭とは違う。銅臭さえ高級に思われるような生臭さだ。汚い金をキレイな金に換える感覚がパチスロの換金には色濃くある。ハリーはその感覚が好きなのだ。ゆえにハリーはキャッシングにまで手を出してしまう。パチンコをしていた

頃は、負けたらシャーナイと思ってさっさと帰っていた。しかるに、パチスロの負けはどこかで納得が行かないのである。困った現象だ。キャッシングした一〇〇〇〇円札より失った五〇〇枚のコインの方がよっぽど愛おしく生々しい。しかもキャッシングはキャッシングで快楽をもたらす。まるで偽札使いのようだ。ありもしないはずの現金が機械の穴からそっと出て来る。

現金
しかし
なにもかも幻影だ
紙の上に死者の肖像を描いたところで
人間は紙幣にはなれない
そのかわりに
詩人は「お菓子の家」を発明した
しかし誰が「お菓子の家」に住みたいと思うだろう
雨が降ったらどうするのか
ぜんぶだめだった

パチスロで勝った二〇〇〇枚のコインを
ぜんぶチョコレートに換えるような馬鹿がどこにいるか
という話だ、ああもう幻影
ハリーの七歳になる娘は「一葉」という名前である
それだけの理由で
五〇〇〇円札を一〇〇〇〇枚ぐらい貰えないだろうか
真剣にそう思うが誰にも言えない
だからハリーはパチスロに行く
コインを入れて
くるくる回す
ボタンを押してピタっと止める
「何をやってるの?」「何の練習?」「罰ゲーム?」「仕事よりキツイんじゃない?」
勝負だ
幻影勝負だ
シャブよりマシだと思え

「魔法の杖があれば」と妻は言う。魔法の杖がいつ折れてしまったのか、ハリーにはもう思い出せない。杖のかわりに彼が求めたのは魔法の鉛筆だったが、それが「ないものねだり」だと気付くまで二〇年かかった。ここからは指先の世界だ。指先の力に総てはかかっている。それがポエジーだ。ハリー、ハリーの妻、ハリーの子供たち、ぜんぶポエジーだ。

暗くはない
決して
パチスロのように
ハリー・ボッターは何ひとつ約束はしない
パチスロのように
愛、賭け、あそび
道楽は続く
君が凄い警察に脅かされている時
ハリーはパチスロをしていた
世界が君に呼び掛けている「なんとかしてくれ」と

それは君がやれ
ハリーはパチスロに行くからよ
負けたらキャッシングだ
暗くはない
適当だ
ハリーは手を汚す
君も汚せ
命令に忠実であるか
視線の権利に忠実であるか
その違いは指先ひとつにかかっている、パチスロのように
そう思わないか
そう思え
暗くはないぞ
そろそろ賢者や聖者を相手にするのはやめるべきだ
あいつらには指がない
勝てる指が

愛、賭け、あそび
君の最大限は君だけの最大限だ
777、光り、ひかり、光、金、光り、コイン、ひかり、金、光、回る、キンピカ、
光、回、金、カネ、コイン、ひかり、光り　光……
全国のパチスロ敗者諸君に告ぐ
君らがどれだけ負けようとも遺伝子様は微笑んでおられるぞ
人生どぼどぼ

もう鎮魂なんかしない
この世に執着のある幽霊集まれ
真夜中のパーラーでパチスロするんだ
車ン中で熱射病で死んだ幼児らにもパチスロさせれ
アリスもパチスロに行け

タイムマシーンに乗ってキャッシング前で降りる。タイムマシーンに乗ってキャッシング前で降りる。これが最後の呪文だ。ハリーは何事もなかったかのように家に帰る。

あるいはもう一度キャッシングする。もうどうにでもなってしまえ。

パチスロ機は孤独なタイプライターだ
ハリーはこのタイプライターで呪文を打ち続けた、言葉のない呪文を
届かぬ呪い
指遊び
どうか精神が他人事になりますように

ハリー・ポッターは、孤独なタイプライターだ、回転する眼球を持つ

エデンの東

1

エリアンは嘆く
小さきものたちが沈む
海は浅瀬を押し出し
何事もなかったかのように青く生臭い
君の言語は何一つ真実を語らない
彼らも、そして私たちも
音を刻み込むナイフが少年を射したとき
文明と文学が軋んだ

そして遠くの少女が死んだ
史実として
詩はアーカイヴされる段階に入ってしまったということだ
午後の君が教室で眠りに堕ちようとしていた時
世界は正しく否定されたと思う
私は君の否定を「心の深み」から祝福する
激しく揺れる膝小僧の上で
神は苛立ち
物語から出て行った
どこへ逃げた？
殺せ！
エリアンは嘆く
小さきものたちが沈む
その浅瀬
君の飛行機が惨劇を反復した時
世界は正しく否定された

2

その男は私に三葉の写真を差し出した
一つは鬚の青年
一つは土の家
一つは卒業写真だ
「この写真に見覚えはないか」と男は言う
「ない」と俺は言った
「これは君ではないのか」と男は
卒業写真に写っている一人の少年を指差した
「それは俺かも知れないが、こんな写真に見覚えはない。もう忘れた」
「じゃあこの青年は？　この家は？」
「知らん」
この男は人に写真を突き付け過去をただすという
たいへんな暴力を行使しているわけだが

どうもその自覚に欠けているようだ
俺はこの手の暴力に敏感である
「あなたは今、とんでもないことをしているのですよ」と
言いたくなるが
正義はいつだって彼の側にある
こんな下らない時間は
物語に返そう
これは過去形をした魚が俺を食べに来るという
退屈な物語なのだ

3

「日赤」という文字が切ない
君はその通りを曲がって
誰にも読まれない一行へと入って行った
あの日、月面では

悲しみの集まりがあり
勇者たちが血を持ち寄っていたが
君はたった一人
布団に身を隠して穢れようとしていた
浄められるはずのない血が
二重顎の男どもによって浄められてしまう
日赤
その光景を
君は今でもパノラマのように思い返すことができる
そしてパノラマは
いつか海に届くであろう

4

君は届けるのではない
届かなくてはいけないのだ、君が

あの消尽点
愛すべき人々の温もりが奪われてしまったところ
ポエジーとエレジーとバンジーが破滅的に衝突する川面へ
そして思い出や思い出や
ひた隠しに隠してきた欲望や
美しかったものすべてを鷲摑みにして
テクストの時代を終えるのだ
夜はいつも逆さまになって
君を迎えてくれた
そうだろう?
いつまでも甘えていてはいけない
断言は勇気ではない
予言という予言はアラビアの夜にくれてやろう
君の勇気は落下に耐え続けることだ
青空、
爆発、

星条旗
落下に耐え続けることだ
かつて君の生は本の中にあった
紙の上に
だがもはやそういうことは言えない
紙は燃え尽きたのだ
そして君や、君たちや、君たちの時代は
大航海の歓びを知らぬまま今
インド洋に雪崩れ落ちようとしている
いったい首謀者は誰なのかね?
君たちのリーダーは?
君ではないのか?
今日も都市は死亡者らの徘徊に明け暮れている
悪霊は増え続けるばかりだ
もう手に負えない
ほら、あれがかつての君の恋人だよ

5

私には内面化されている瓦礫の時間のなかで
過ぎてゆくこの一〇年、二〇年が
文学であるとすれば
死ねばいい
優秀なテロリズムによって
世界はほぼ文学と等価になったが
もはやいかなる栄光もそこにありはしないだろう
その世界では常に
弱い交換が約束され続けるだろうし
強い交換を悪と見なし得るほど
人間は自立していない
正義という正義が自殺する時
いったい誰に狂気が許されているだろうか

私は死ぬこともできるし
殺すこともできる
一人で死ぬことにも意味はないのだし
数千人を殺すことにも意味はない
文学的世界的には、だ
歴史は君に問う
「首謀者は誰か?」と
しかし首謀者とは必ず君自身なのだ
それがこの文明が仕掛けた罠である
私は死ぬ
君が死ぬ
この断層の溝には何もない
孤独以外には
君はもう知っているし
私も知っている
拡声器と核兵器はほぼ同じ重さをしていたはずだ

ライオンを飼い馴らす夢
蛇に飲み込まれる夢
君を護るのは背中の御先祖様だけであり
運命は前世からもたらされている
ということになっている
史学
民は漂う
大洪水は絶えない
こうした不幸こそが文学の属性である
よって
君の麦は地雷であるべきだし
君の教科書は劣化ウラン弾であるしかなかった
私は判っている
君が判っているように
そう、
戦争がそうであったように

テロリズムもまた
文学を可能にする条件に過ぎないのだ
君のように私は
「現実を問う」ということを
本気でやってはいない
そういうことだ
死ねばいい

6

ガブリエルは死ぬ
その命名の重みによって
君はブラジル丸の甲板から太平洋へ唾を吐け
俺は五〇ｃｃのゴリラに跨がって国道一号線を東上する
「生きることは楽勝だな」
「ああ、ヤツさえいなければな」

研究は進む
夜の脳が考える
「アース線」が浮く
「ハンダ」が浮く
君は自爆しろ
俺は贋一万円札でパチスロをする
「ヤツは今朝も靖国で鳩を食べていたらしい」
「あの白い鳩か?」
「ああ、あれは東京オリンピックがばらまいた鳩だ」
ジェイコブは死ぬ
その命名の重みによって、そして
それらの死を嘆く権利など誰にもない
時間は回転し
平面を愛さない
文明のポスターを剝がせ!
「ヤツに改造銃を持たせた組合があるらしい」

「ああ、伝説だ」
君の放棄を俺は所有しよう
運命的にだ
そして
アンジェラは死につつある？
お気の毒に
その命名の重みによって？
まあね
俺は首都高速を回ろう
君は鈴鹿サーキットを回れ
回り続けるのだ
「ヤツは中央分離帯を飛び越えて来る」
「いいじゃないか」
「でも防ぎようがない」
「いいさ、そういう緊張のなかで生きるしかない」
鳩ポッポ

空間連鎖の破局
褪色
ハードレインが降る
君の自意識の最低を俺が許す

7

私は定められた天地左右のミリメートルの不自由のなかで
むしろ安息する小さき者らの集合であり
贅肉だ

8

エリアンが裂ける
「仕方がなかったのだ」と聖歌が言う
君の虹はほとんど蛇のようだなと私が言い

「ほとんど宇宙大の孤独」と君は言いかけるが
咄嗟に「無限小」と言い換えた
どう違うと言うのだ
「とにかく東に向うよ、海の方に」と私は言い
君はここで墜落すると言った
のろのろした時間と
急激に加速する時間
君は戦力になり得るかも知れないが
私はただ遠離るばかりだ
エデンは広すぎる
そしてどこまで行っても吹き曝しの平面に過ぎない
「人間のする絶望には飽きた」と果実は言う
だがその果実も
この平面では幻影に過ぎないのだ
欲望は美しく醜い
生への執着も

死への跳躍も
無駄だ
エリアンは裂ける
仕方無く
だがそれがすでに散種なのだ
悪しき者は幸いである

9

動くな！

0

誰にも捧げない詩

テロは詩的だ（I was gay）
もっとも優れたポエジーをテロリストが所有している
私は絶望無しに人間の顔を見ることができない
ビジョンの塔には虫が
虫たちが、言葉を持たない虫たちが
ある時代の集合として詰め込まれている、むろん私もその一人だ
ビジョンの中にはなにか屈辱的なものがある

かつては核兵器だけがポエジーの砦だった
仮に死が平等に与えられるなら私は地球が爆発しても構わなかった

時代は回転する円盤によって常に更新されていた
ＵＦＯとは地球そのものなのだ、そして
いつだって軍隊は影のようにつきまとっていた
軍隊はビデオを発明した、人間の営みの一切を監視するために
人間は脊髄からダメになって行く、脊椎と脳
その関係がダメになって行く
猿が無理をしているのだ
おそらく私たちにはまだ幻滅が足りない、そして退屈が
だから人間は宇宙を夢想する
人間に切り取られた宇宙のなかで
ビジョンは
宇宙自身の無意識へと至る長い廊下を歩いているのかも知れない
パレスチナのように

神様は存在する
知識人たちの胸のうちにさえ

鬚のある神様は永久に地下活動を支援することだろう
アメリカはポエジーを失い
言葉を失った
私たちは失った言葉を取り戻そうとしているのではない
単に怯えているのだ
ポエジーに、強力なポエジー、もはや
私たちには信じることさえできないそれに

テロは詩的だ（I was gay）
よって、テロリズムの撲滅とは
詩的なるものの撲滅を意味していると考えていい
戦争が詩人を生み
そして殺す、だがそこには
ついに書かれなかった言葉がある
誰にも書き得なかった言葉が
まだあるはずなのだ

神様でさえ発明できなかった言葉が……

おめでとう、私たちは地雷原の彼方から直進して来た
死者の数が足りない……
ポアという名の救済も経験した
まだ死者の数が足りない……
人間はもう移動する電信柱にしか見えない

戦争まで　WE CAN'T GO HOME AGAIN

1

左目の下、の辺りに郵便局があり、野菊が咲いている。

黄色いなと思って、しばらく一緒に揺れていたら、揺れすぎていたら、赤いのが見える。

あの赤いのがポストではないだろうか、ほら、やっぱりあったじゃないか。

ずいぶん旧式なポストだなとその赤い、鼻血のように赤い暗闇に近付いて行くと、穴があって、指を差し込みたくなる。

指だけ差し込んでもぐにゃとした感触があるだけで、これでは意味がない。

手紙を書いてくればよかったなと後悔し、そこから時間をリワインドしにかかるが、どうもうまくいかない。

うまくいかないので郵便局の角をまがって豪華な住宅地に入っていった。

「あそこらは金持ちばっかりだ、秋山選手の家もあるそうだ」

そう妻から聞かされていたので探してみるが、目印のでっかいガレージがみつからない。

ガレージのかわりに黒い空き地がある。

焼けたのかも知れない。

ベンツもフェラーリも焼けた。

家も焼けた。

そういえば連続放火魔のことが新聞に書いてあったな。

空き地の隅っこに黒い犬が、焼けて黒くなった犬が転がっていて、その傍らにクール宅急便のお兄さんが立っている。

クール宅急便はどろどろに溶けていて、赤いような黄色いような液が滴り落ちている。

臭い液が、指に垂れている。

その段ボールを抱えて何時間そこに佇んでいたのか、「カニですよ、たぶん」と困り果てた顔で黒猫は私に話し掛けてきた。

「この犬の飼い主はどこに消えたんでしょうね」と言うので、私は黒猫の無能さに呆れた。

念力で彼に、「本当に配達する気があるならドームに行け、秋山だろ、秋山のロッカーに放り込んでしまえ」と伝えた。

それは伝わった感じがした。

これが今日の私の仕事だったのかも知れない。

やるべき仕事を無事終えたと思うと、すっかり気楽になって、あとはぶらぶら歩いているだけでいい。

だったらアホの家でも見に行くか。

一年中クリスマスの飾り付けをしているアホの家は、私の子供達が学校から帰宅するための目印にしているはずで、子供達が目印にしているくらいだから、簡単に見つかるだろう。

どこだ？

アホの家は。

歩けば歩くほど家々は平べったくなるばかりで、いらいらするし、どんどん貧乏になっていく。
メガネ屋の角を折れると、もうそこはトーチカの世界だ。
白いポリタンクを持った女子高生が歩いてきて、私の気配を怪訝そうにうかがってい
るが、疑われるようなことは何もしていないはずだ。
それを確認するために「水汲みですか、大変ですね」と念力で話しかけてみる。
お互い大変ですね、という調子で目配せというやつをしてみる。
だが彼女は何も言わずに一目散に走り去った。
ヤバイ、と思って、後ろを振り返ると、もうメガネ屋まではリワインドできない。
何が悪かったのか。
ああ、判ったぞ、なるほど、こいつがいけないのだ。
首からでっかいカメラがぶら下がっている。
これだ、こんな無神経なものは、焼かなくてはいけない。
どこで焼くか?
まあ夜を待とう。
夜にはまだ時間がある、ありすぎる。
まずは高い所に登ってみよう。

このトーチカの街が一望できる断崖があるはずだ。

私はいつもヤブコギで山を登っていたので、登山道どころか、いわゆるケモノ道さえ頼らずに山を登っていたので、風景が無くても足元だけで勝負してきたので、尾根、という稜線が爪先でわかる。

尾根を行けば遭難せずに済む。

どんな山も登れる。

直線的にだ。

ほら頭上には鳥が、旋回する黒い鳥が見える。

あれが私を狙い始めているのか。

もうそんな時間か。

「火を放つのは弱い精神、水を汲むのは強い精神」と鳥は念力で言い、次のような散文を世界人類に告げた。

ピーロロ。生活には鬚が生えるものだ。その鬚を毎朝剃ったからといって、「黒いもの」はそうやすやすと消えるものではないぞ。ピーロロロッ。ブラウン氏やフィリップ氏がその生涯を通して刃物を研ぎ続けていたはずもない。ピーロロクェーク。みんないい加減にやっていたのだ。クエー、クエーッ。文明とは君たちの奢りであり、歴史とはその奢りが欲望する生活の精算に過ぎない。「黒いもの」は世界史年表の行間にはびこり続けている。ピラルクーッ。行間こそ記憶すべし。行間が読めないからといって、そんなに調子に乗るな。ピクーピクーピクーッ。「切れてナーイ」というのは皮膚のことか鬚のことか。俺様なら鬚のかわりに皮膚を剃るぞ。

黒い、黒い散文の、黒い鳥が……旋回する、旋回する上空、上空に眼、上空に眼、警戒しろ！

ラジャー！

「ミズオという受刑囚を知っていますか？」

何？

声のする方を振り向くと、緑色の作業服を着た清掃夫が立っていた。

むかしバッタ男と呼んでいた男だ。

「水尾がどうした？」

「あなたを殺るんだって、うろちょろしていますよ。気をつけたほうがいい」

バッタの野郎、相変わらずニヤニヤしやがってむかつく。

「何だあいつ脱獄したのか？」

「いいえいいえ、ここもまだ塀の中です」

なるほどね。

嫌な街だと思った。

私にとっては大変な屈辱だ。

水尾が受刑囚だって？

私もそうなのか？

この街がそれを決めたのか？

じゃあおまえは何だ？

バッタ男よ、おまえは今まで何だった？

何であり得たのかを聞いてんだよ、おい！

私には間違っておまえを食べてしまったという記憶しかないが、ああしまった、こんな気色悪いものを食べてしまったゲエ、オエッ、緑の、カエルだと思ったのに何だ、失敗したゲ、ゲゲ、ゲロゲーロ、おまえのようなやつはゲゲロゲ、そうやって何でもかんでも馬鹿にしていればいいんだよ！

しまった、取り乱してしまった。

大急ぎでリワインドの作業に取りかかるが、バッタ男の背後にはもう何もない。

やっぱりこの緑色を食べてしまおう。

それが運命だ。

水尾か。

そうだ、私は水尾に手紙を書こうとしていたのだ。

しかし紙がない、紙は、燃えたのか？

紙まで燃やされたのか秋山！

混乱している。

歩くのをやめて、そう、人間は時々歩くのをやめて、歩きながら考えるのをやめて、どこかに座るべきだ椅子に、椅子は、公園か、やっぱり公園で座るか、でも公園はバッタがうようよいるからな。

観覧車が見える。

あれが断崖だ。

私はでっかい観覧車が見える場所までとにかく歩いて来た、あれに乗ろう。

乗って椅子に座ろう、クルクル回り続けよう、時間のように。

すると不意に「月に何回か」と小さな男の子の声がして、すぐに消えた。

耳の後ろ、というよりツムジの後ろあたりで声がして、すぐに消えたので私は、「月に何回か、行ったことがある」と、そう言おうとした声だったのだろうと、念力で感じていた。

小さな男の子はいいことを教えてくれた。

「そうだね。私も月に何回かは本屋さんやお菓子屋さんに行ったよ。でもそうだね。もう本屋さんもお菓子屋さんもいらないから、お月さんだけでいいね」

「うん」

「お月さんはどうだった？」

「何もなかった」

おい、水尾よ、私は記憶に語りかけるが、おまえの百円ライターはたいした凶器だな。今度いっぺん貸してみろよ。

夜のゴンドラはどんな気分かって？

いい気分だ。

私が絶望的になると思ったら大間違いだ。

何が見えるかって？

おまえなら焼き尽くしたいと思うような地方都市だよ。

観覧車もそのうち止まるが水尾よ、覚えておけ、都会なんか放っておいたっていつか燃えるんだ。

むしろ火に触ってみることだ。

火を食べてみろ。

2

だが私はその黒黒とした手紙を抽き出しの奥底にしまったまま長く放置していたのだった。

あんなものを妻に読まれたらたまったものではない。

迂闊だった、早く破り捨てておくべきだった。

少なくとも家を出るときに持って出るべきだった。

肝心なものを置き忘れている、そう思うと、何か取り返しのつかないことをしてしまったような気がしてくる。

「大阪にでも行こか」と妻の声がした。

「いや、俺は大阪はだめなんだ。大坂と書いてしまうぐらいだからな」

「じゃあどこがいいの？　やっぱり北？」

「日本列島は弓なりだからな。どこが北なのか、実はよくわからないんだよ」

「意外な所が北だったりするのね」

「ああ、だから間違って福岡なんかに住んでいるわけだ」

「福岡も北かしら？」

「そう思ったんだ。海が北にあるから」

なんだそいういうことか。

ならば海へ歩こう。

その前に家でズボンを履き替えておこう、半ズボンに。

帰れるか、家に。

「帰るどこないどお、戻るどこないどお」と飢餓海峡の左幸枝は言った。

「家に帰っても何もないぞ」と赤坂の居酒屋に書いてあった。

私は「シャンピア」という安ホテルを出て、パチンコで時間を潰していたんだ。

あれも北だった。

赤坂のパチンコ店はだいたい北、直観的に北だ。

もう会いたい人なんかいない、ということを確認するために、センチメンタルな上京を繰り返していたというわけだ。

何という旅だったのか。

咽ばかり渇く。

とにかく北はそう簡単に勝たせてくれないんで、すぐに持ち金が尽きて、時間ばかり余るから、さあキャッシングだ。

何もすることがないのに、用もないのに東京に出て、キャッシングだ、アホらしくなった。

アホらしくなったんだ。

思えば音楽をやめてしまったのが事の始まりだったような気がするが、あれは四日市から、初めて東京に出て行った、ほんの半年前の決断で、大きな断念だった。

それが大きな海溝になった。

断層になった。

何が断念かよゲロゲーロ、それを言うなら野球がそうだったじゃないか、野球の道、を断念した私は、どうしたんだっけ？

グローブとユニフォームを、たしか部室で燃やそうとした、高校の暗がりで。

そう、あれは大きな問題になった。

一つ間違えば放火だからな。

ピアノはどうした？

まあ聞け。

「あれは燃やすわけにはいかなかったよ。だって家の中に座っているんだからさ。家まで燃やすわけにいかないもの。見るのも嫌で、しばらくは家に寄り付かなかった。家を出て、おまえのアパートに転がり込んでいたわけさ。悪い連中と夜な夜なスクーターで走り回ってさ、変な夢ばかり見ていた。で、そのピアノ、今どこにあると思う？　ここにあるんだ。笑うなよ水尾。親が家を売り払ってさ、こんな厄介な代物は処分できないからって福岡まで送りつけてきたんだ。なんせ怨念がこもっているからね。親にしてみればオレの首塚みたいなもんだからさ。下手にジャンクできないんだな。やっぱり自分で火を放つしかないんだ。でもね、笑うなよ水尾、今は娘がそいつを弾いてるよ」

「アホだな」

水尾か？　今喋ったのは？

「あああッ」と思う間もなく観覧車は物凄いスピードで回りだす。

ついにリワインド成功か。

やっぱりな、思った通りだな、本格的に歳を取りはじめるというのはこういうことか。

星もトーチカの灯りも引き延ばされた一条のラインになってしまって、時間、というのはずいぶん残酷なことをするな。

風景なんて最初からオマケみたいなもんだったんだ、いいじゃないか、もう、どうでもピーロロロ。

もうこうなったらゴンドラごと吹き飛ばされてみるか？

そうだ、観念して、少し楽な気分になって。

「アホだな。おまえには家族があるじゃないか。新しい家族が！」

わかっているさ。

「必死にしがみついている子供達」とかバッタ男なら言いそうだな。

ニヤニヤしながらな。

左門ね。

左門。

ところで左殺し、って言うんだってな？

ほら右の代打屋のことさ、大道って名前だ、同郷の、知ってるか？

大道ね。

大道。

そうそう城島を見たんだ。
マーケットで、赤ちゃんを抱いて椅子に座っていたよ。
たぶん奥さんが買い物するのを待っていたんだろうと思うが、何か途方に暮れていて
ね、やっぱりキャッチャーミットみたいにはうまく扱えないんでね、赤ちゃんという
のは、すぐ壊れるから。
大道はあんなにバットを短く持って、すっかり器用になってさ、秋山に学んだのだろ
うな。
昔はファームのスラッガーだったのによ、こつこつ当てて生き残ってさ、秋山の小遣
い銭ぐらいの年俸で都合良くコキ使われているわけだ。
引退してもタレント活動なんてできないだろうな。
地味だからな。
デーブ大久保とかナガシマカズシゲとか、ＴＶで顔を見るたびムカムカするよ。
あいつら一体どれだけのことをしたのかって、まあね、実績なんかどうでもええわな。
故郷の三重県に帰って、一緒に土建屋でもやろうぜ、大道よ。
で、城島はどうする？
家族もろともゴンドラ送りか？

ああ受刑囚ね。

受刑囚。

水尾が校舎の壁を蜘蛛男のごとく垂直に登って行った時、それを見ていた誰もが唖然とし、息を呑んだ。

彼はそのまま三階建ての屋上まで登りつめたのである。

彼はなぜそんなことをしたのか。

直接の動機は自転車置場での喫煙を教師に咎められたからだということになっているがどうだろう、そんなことは全く関係なかったのではないか。

べつだん何も考えていなかったはずだ。

もともと奇行は彼の専売特許だったのである。

問題はなぜ水尾にそんなことができたのか、であるが、これには意外と楽勝のカラクリがあった。

彼は壁にへばりついている配水管をうまい具合に利用したのである。

これは実際にやってみれば判るが、見た目ほど困難ではない。

そういうわけで、水尾の蜘蛛男事件以後、私も含め、校内では垂直壁登りがしばらく流行った。

ただし、だいたい二階あたりまでが限度だ。

これは度胸の問題ではない。

所詮は中学生の遊びだ。

三階建ての屋上というのは想像する以上に高い。

「死んでもいい」という思い切りがどこかにない限り、屋上まで達するのは不可能だと思われた。

水尾は一三歳で、ということは中学入学後の半年間で、「全世界に復讐するには自殺するしかない」と考えるに至った、と、後に白状している。

狼に育てられたわけでもあるまいが、まあそれに似た家庭環境だったのだろう。

数々の奇行もそうした想念から来る発作だったのだと思えば、私にもなんとなく理解できるような気がする。

日体大出身の、どう見ても物を考えた形跡のない教師に勧められるまま高校進学をあっさりと諦め、自衛隊への入隊を受け入れた時も、彼には決意というほどの決意はなかったはずである。

結局は死ねなかったのだから、あとはもうなるようになれ、というのが水尾の態度であり、私はそういう彼の態度に打たれつつも、早く目の前から消えてくれと思っていた。

つまりそこから歩きはじめて、私、とはもう言わなくていいよな、水尾よ、俺たちは、思えばスタジアムの周りをうろついていたわけだ。

朝鮮人たちの集落に取り囲まれた四日市の市営球場で、俺たちは出会って、そして、バッタばかり採っていたよな。

草深い外野で、ロストボールばかり探していたな。

後楽園がドーム球場になっても、しばらく水道橋からは離れられなかった。

それから関内に逃げて、横浜球場あたりをうろついていた。

福岡に来て、平和台球場の最後を見て、それから百道浜に来た、という次第だ。

福岡ドームの天井を眺めながら、今は窒息寸前だが、青空は青空で、いつだって彼方にあるような気がしていただろう?

しないか。

しないかもな。

ここで浪花節的に幕切れるのもいいが、俺たちは奇跡的にゴンドラから飛び下りようぜ。

おいそうしようぜ。

二人は歩こう。

そしてトーチカの街を過ぎると、そこはもう大平原だ。

一三歳の猿とこのヘーゲンを行こう。

ランボルギーニに乗った被差別青年が俺たちの耳たぶを噛みに来るだろう。

被差別青年が散文的に世界人類に告げる。

仲間内でもっとも小柄なピグレットが「勇気」の有無について常々考えさせられているのは見ていて辛い。誰に問われているわけでもないのに、ことあるごとに自分にそうした問いを突き付けねばならぬ性質は、仲間外れという事態に対する恐怖から来ているとひとまずは言えるだろう。ここで描かれる動物たちは、キャラクター的にデフォルメされてはいるが、それぞれの動物に固有の形態を大きく損っているわけではない。クマはクマ、トラはトラ、ロバはロバとして幼児にも十分に認識できるものだ。しかしピグレットに関してはそれがあてはまらない。彼はネズミの大きさをしたブタなのである。その異様な小ささが、彼を言わば畸形の存在にしてしまっている。その畸形性を意識するとき、彼の内面はすでに疎外されているのであり、その疎外を回避する為には何らかの埋め合わせが必要なのである。ここではそれが「勇気」と呼ばれている。彼は、彼自身を存在論的に疎外してやまない無神経な仲間に対して、「勇気」でもって貢献せねば認められない存在として描かれている。しかし仲間たちといえば、「異様に小さき者」がおどおどと差し出す貢献になど何も期待してはいないのだし、彼が必死で果たそうとする「勇気」も、彼らから見れば取るに足らない、どうでもいいような苦悩なのだ。そうした滑稽さは、当事者ピグレットにとっては絶対の痛みとして常に意識されているはずである。ところがこの滑稽さが物語に回収される時、ある種の哀れみと共に、弱者擁護的教育的理解に還元されてしまうのだ。この残酷さを仲間たちはまったく想像し得ていない。

二人は歩いた。

西脇的詩的大平原からスタジアムまで。

低地特有の重い雲、が、空、に万年床を被せたように（臭い比喩だな…）塗り込められている（そう、これは水彩ではなく、しつこく重ねられた油彩だ）のが見える。

見える！

旅人帰らず。

この辺でカメラを燃やそう。

水尾の火を借りて、それでこの詩もひとまずは終りにしようじゃないか。

それから、いや、それからがあるとは思えないが……。

スタジアムまでは遠すぎるから、やっぱり水尾、おまえ一人で行ってくれないか。
あの時のように、世界中が燃え尽きてしまった、ような気がした、あの時、のように
世界は一筋の電信柱に貫かれたまま、放置されている、たぶん、あの空に。
あれが空だ！
おまえなら辿り着けるだろう。
細い円柱の橋を渡って、屋上に行けよ。
私や、俺たちが住む青空を渾身で憎むならば、どうにかせえよ！　ピュルルルルー！
いやゴメン。
俺はおまえに期待しすぎている。
歩こう。
昭和残侠伝の二人のように歩くのだ。

3

散文が雨のように降り注ぐ

と詩人は言った。陳腐な比喩だと私は思った。それに私は、彼の詩が土砂降りの雨に曝されているとは少しも思わない。いたって平和な霧雨の中で痛みも無く佇んでいるように見える。散文が雨ならば詩は何だろう。電信柱か。

「ところがこの埋め立てのニュータウンには電信柱が無いのだよ。普段は気付かずに生活しているがね」

詩人は「ほら」と言って海辺を指差した。そこには電波塔福岡タワー。

「あいつだけが空を突き刺している」

なるほど。

だが彼の詩が空を突き刺したことなど一度もありはしない。電信柱を欠いた平面の方が彼には似合っている。

昨日、ということが私たちにはあり得ただろうか

これは詩人の妻の言葉である。私には痛い言葉に思われるが、彼は「互いの過去を問わないことが夫婦円満のコツだよ」と言い、グワハッハと笑うのである。パチスロで給料の半分をすってもケロっとしているこの男に、問われるべきどんな過去があり得るだろう。

「だいたいねえ、記憶の蓄積なんて嘘っぱちなんだ」

だから何だって言うんだ。私はだんだん腹が立って来た。問題は蓄積ではなく共有だろうに。だから彼の妻は「過去」ではなく「昨日」と言ったのではないか。

臓物を運ぶ赤い川が流れている、内部
という場所で
子供達は縄跳びを続ける
爪先から血を流して

ほらこれだ。何かというとすぐに子供を持ち出して来る。いつになったら彼は親バカを卒業するつもりなのか。

「だがねえ君、自分に期待し続けている限り人間としては未熟なんだよ。それは自分だけが傷付けば済むっていう世界だからねえ。子供に期待するということは、子供を傷付けるということだよ。人間なんて君、女房子供、つまり一番近い他人を傷付けてナンボだ、グワハッハッハ」

これが詩人の言葉であろうか。「人間なんてララーラー」と何も変らないではないか。こんな男に何が期待できるだろう。新鋭詩人だって？　たった一冊の詩集で何十年も期待値が維持できると思ったら大間違いだ。詩人は演歌歌手ではない。確かに彼の処女詩集『大土建』は素晴らしかった。それは認める。だが今となってはそれも墓標にしか思えない。自分の死に気付かぬ者は哀れだ。哀れを通り越して吐き気がする。むんむんとした腐臭だ。

「あの頃はねえ……」

さあ始まるぞ。いつもの嘆き節だ。

「あの頃はまだ土建屋にも若い衆がいてね、その若い衆っていうのは、ようするに筋者というやつだ。知ってるかね？　チンピラとは違うんだぞ。地元の親分さんから派遣された、俗に言う兵隊さんたちだよ。仁侠道、というのが、日本にはあったんだぞ。その道に入るしか無い連中がいたんだ。その道が消えると、立ちんぼするしかないわけだ。行く所がないわけだからな、グワッハッハ」

戦後復興を支えたのは親分さんとその兵隊、つまり若い衆たちだった、と詩人は言う。高度経済成長を支えたのは出稼ぎ人夫と立ちんぼたちだった。

それは確かだが、歴史が線引きするようにはすんなりと入れ替わるはずはないのだから、淘汰されていく若い衆が苛立つ時間というのはあったのだろう。

だいたい十年ぐらいだ、と詩人は断言する。

彼の実感では東京オリンピックを起点とした十年、ということになる。

詩人は一九六五年生まれで、一九七五年あたりまで飯場で暮らしていたと言う。

小さい彼を可愛がったのはいわゆる筋者、背中や肩口に墨のある若い衆たちだった。土建の現場からも疎まれるような存在になってしまった筋者たちは、頭領の息子である詩人を異常に可愛がり、バイクに乗せて宅地造成の現場を走り回った。

剝き出しにされた土の風景をバイクは切り裂いた。

幼少の詩人は彼らから「マムシのマムちゃん」と呼ばれていたと言う。

「ちょっと待て」

「水尾か?」

「ああ。そんなもんはたいした風景じゃないぜ。もうバッタ男と付き合うのはやめな」

秋山と大道が外野でのんびりとキャッチボールしている。

その向こうを城島がランニングしている。

見えるか?

ほら火を貸してやるぜ。

私の血、に意味はないだろう

民族とは贋の単位だ

精神の澱みをぶざまと思うならば

水を取りに行こう
流そう

それで詩が終わるのか、と私は思った。この詩人は結局、才能の枯渇を説教臭い人生訓に回収しようとしている。ならばいっそのことビジネス本でも書けばいいじゃないか。歳を取るとみんな駄目になる。「老い」というテーマは、詩人にとっては切実なんだな、と私は思った。

「母はねえ、マムシのことをハミと呼んでいた。あれは、ハミというのは四国の方言なんだろうな……」

さあ服を脱げ
そこでさまよえ
大魔神は死ぬ
ハードレインが降る
アナザーリヴァー、アナザーリヴァー

ああ、川も見えたような気がする。
室見川が見えたはずだ。
見えたかも知れないが、今はそれどころではない。

ゴンドラには布団が敷いてあって、猛睡しているのは、ほら、やっぱり俺だ。

どうせまた酒を飲み過ぎたのだろう。

猛睡している俺の枕元に年寄りが三人車座になって、ガーガーいびきをかいている口に何かを詰め込もうとしている。

それが土なのか灰なのかこの角度では見えない。

水かも知れない。

とにかく俺の口は排水溝のようにぽっかり空いているはずであり、抵抗している気配も感じられないのだから、年寄りたちは好き放題に何かを流し込んでいるわけだ。

この儀式めいた光景にほとんど恐怖を感じないとすれば、これは死後の出来事なのだと理解するしかないが……。

顎に力がなくなっている。

万力を絞めるようにして、俺はリワインドの体験を反芻してみる。

だが顎はだらしなく垂れ下がったままで、涎が唇を伝う。

その首筋までの流れをひとまず川としようか。

川岸はコンクリートで造成されており、コンクリートにはハゼやアメリカザリガニがへばりついているようだ。

アメリカザリガニの赤はたぶん襟で、赤い襟の赤いシャツを着た、これが人間なのだ。

人間の不良で、壊れた両腕がぶらさがっている。

壊れた両腕は列車のふりをしているが、こんな列車に乗ったってどこにも行けはしない。


何もかも幻影だと思うなよ。

逃げ遅れるぞ。

間抜けな赤シャツの人間にそう告げようと思うが、顎には力がないので何も言えない。

咽の奥から臍の緒が垂れて来る感覚がある。

この詰まり物を全部吐き出せばきっと胃のシクシクは取れるのだろう。

だが口の中には恐山がむき出しになっているから、すんなりと吐けそうにない。

歯を意識すると物が食べられないように、身体全体が異物感で支配されて、何かが突起している。

思えば俺を育ててくれた飯炊きのおばさんは獣のようなギザギザの歯をしていたが、
ああいう歯をした人間をすっかり見かけなくなったのは淋しいことだ。

胸から腹にかけての丘陵は、火山灰に被われており、ひとっこ一人いない。

その中心にある傷口はいつも暗く、ここが内臓への入り口なのかと思うと怖い。

怖いが、誰かの唇でぷうと膨らませて欲しいという、その傷口に柔らかい唇をあてら
れて息を吹き込まれたいという、
カエル的に、
(プクラ…
爬虫、
(腹のプクラ…
の、記憶、ではない、
微電波の蓄積、のようなものが脳の局所にあり、私は、
(食べたい…
ハミ、
(成人男性の…中年男の…
(プクラ…プクラ…
のような、
(切り裂きたい…
分裂であり得たであろう。
(そのプクラ感…

「しかしですね」とその若い編集人は言った。「詩は一つの円を描くようにして終わるべきではないでしょうか？」

「構成とか構造ということを、ところが私はもう考えなくなっているのでね。円を描くというよりは、何だろう、幹のない樹のようなものをイメージしているんだが」

「リゾームみたいなことを言わないで下さい」

「なるほどね、たしかにね」

「破綻以前の問題だと思うんですね。やはり水尾はドームに行くべきだと思います。そこで秋山や大道や城島と出会うべきですね。まともに出会う」

「流れだけは作っているつもりだが」

「流れだけでは駄目だと思うんです。やはり最後には火に触らないと」

「ドーム炎上か？　まあそれもエエがね」

「この水尾というのは、どうしても水尾ですか？　稲尾じゃだめですか？」

「そりゃキミ、だめだよ」

「福岡の野球史がこの長篇詩の幹になるという可能性もあるんじゃないですか？」

「ないよ、そんなものは。くだらん地方神話だ」

作品としての到達をこの若い編集人が期待しているのはわかる。だが私はその期待に応じる気はなかった。秋山はすでに焼死体であり、大道は土建屋の人夫である。硬球の代わりに赤ん坊をキャッチしてしまった城島は途方に暮れ続けているだろう。そして彼らはその程度の枝葉でいいのである。幼少の私をマムシと呼んだ若い衆らは歴史から消えてしまった。黒猫も消える。女子高生も消える。平原に消える。雨に消える。みんな枝葉だ。思えばバッタ男とは父のような人物だったのかも知れない。だがそんな解釈はこの際どうでもいい。みんな消える。水尾、おまえもだ。

私は岸辺に潜む

ハミ！

母の言葉よ

どうかこの火を食べに来い

精神のピーク

私は長い間、小説家になりたいと思っていた。小学五年か六年か、もうそのころには小説家になるつもりでいた。実際に冒険小説のようなものを書いていたと思う。嘘っぱちな伝記小説も書いた。ようするにそういう書き物を読んでいたわけだ。中学生になると、恋愛小説を書きたいと思うようになった。片岡義男の影響だ。ちょうど角川文庫が片岡義男を大プッシュしていた頃だ。あんな感じの小説を書こう。すると、だんだん書けなくなってしまった。ついこの間まではすらすら書けていた小説が、いったいどう書いていいのかわからなくなって、着想ばかりが浮かんでは消えて行った。冒頭の数行、あるいは数枚を書くのが精一杯で、書きかけたまま頓挫する、そんなことを繰り返していた。それでも、とにかく恋愛小説しか頭のなかにはなかった。そこで、片岡義男のテイストに近い恋愛小説を他にも探してみようと思った。短編であること、主人公の男女は二十歳そこそこまで、というのが条件だった。なかなかピタっと来るのが見つからなかった。村上春樹も読んでみたが、片岡義男に比べるとどこかひねくれているように思われた。いや村上春樹だけではない。片岡義男以外の恋愛小説はみんなどこか捻くれていた。その「ひねくれ」にも慣れてくると、私はそれまで敬遠していたいわゆる純文学（太宰とか三島とか大江とか）に手を伸ばし始めた。するともう、完全に書けなくなってしまった。冒頭の数行すら、思い付くままに書くということがためらわれるようになった。

ようするに、「文学」というものに出会ってしまったのだろう。「文学」は田舎の中学生ごときが無邪気に「書く」ことをはなから馬鹿にしている、まったく相手にしていない、そんなふうに私には思われた。私は「書く」という秘かな歓びを奪われたような気がした。あるいは、「書く」という行為に本来的に伴う羞恥心に気付いてしまったと言うべきか。いや、たぶんそんな大袈裟なことではない。もっと単純な反省だ。書く以前に、読むべき本が山ほどあるという。確かに、「文学」というのは大きな山のように思われた。それまでは山の存在に気付いていなかった、というわけではない。うっすらと気付いてはいたが、見ないようにしていたのだ。しかし一度見上げてしまうと、もう入って行くしかない。山の入り口はどこにあるか。それがぜんぜんわからない。わからないまま、でたらめに入って行った。

とにかく私は早く小説家になりたかったので、長い間、詩は無視していた。最初からくだらないと思っていた。詩は、どこか「いびつ」な印象があった。無理をしている感じがした。直感的にだ。それは小説の「ひねくれ」よりも恥ずかしいものに思われた。教科書ではどんな詩を教えられていたのか、もうほとんど覚えていない。覚えていないが、きっと「僕の前に道はない」とか「汚れつちまつた悲しみに」とかいう詩だったろう。何も面白くなかった。周囲にはノートにこそっと詩を書いている女の子たちもいたが、一人も読ませてはくれなかった。男の子にも書いているやつはいて、もののはずみでちょっと読ませてもらったが、気持ち悪かった。メルヘンだった。汚らしい顔をして、何がメルヘンかと思った。詩は実にくだらない、そういう実感は、しかし高校生になって、ひたすら「読む」という行為に没入して、「文学」と生真面目に格闘するようになると、ちょっと違うのではないかという気がしてきた。「文学」という世界の中で詩は、ちゃんとそれなりの意味がある、今はどうあれむかしは意味があった、ということが、まあ当然だが、少し勉強すればインプットされていく。どうも詩はメルヘンだけじゃないみたいだ、何かあるようだ、そう思えるようになると、「汚れつちまつた悲しみに」も含めてやっぱり読まなければという気持ちになったのだった。「書く」ことを取り敢えず後回しにしたおかげで、詩と出会うきっかけができたのだと思う。そういうわけで、私は文庫で手に入る詩集は片っ端から読み漁っていった。文庫で手に入る詩集、というのは、だいたい古今東西の近代詩だった。リルケも読んだ。「おまえリルケ知っとるケ?」「リルケなんか知るケ」というのが当時の私の脳内ジョークだった。

その読み漁る、という読み方がマズかったのだろう。マンガじゃないのだから、詩はそんなふうに読むべきものではないと、今になればそう思う。でもあのころは、高校生のころは、とにかく大急ぎで読み漁っていた。そしてどんな詩を読んでも、正直言ってピンと来なかった。なるほど「文学」が言うように、そこには何かがありそうだ。でもパパパッと読んだのでは何も見出せない。それに、難しかった。おかしな話だ。読まないうちは詩なんて馬鹿にしていたのに、ちゃんと読もうとすると摑み所がわからない。詩というのは、「文学」という高い山のなかにあるんじゃなくて、どこか外にあるもののように思えた。ひょっとしたら高い山のてっぺんに登ったときにやっと見える、遠い、別の山なのかも知れないと思った。それとも、山のなかで遭難したときにだけ見つかる隠れ里のようなものか。いずれにしても私には、詩の世界は、いつまでも未知であり続けるだろうという感じがした。それに私は、書かれている詩よりも、それを書いた詩人の生涯の方がよっぽど面白いと思った。それでは困るのだが、そうなのだから仕方ない。ただし一方では、詩という、自分の理解の及ばない、謎の多い、暗号のようなその書き物に少しずつ惹かれていたことも確かだ。謎に惹かれていたのだから、どういうわけもこういうわけもない、あたりまえの話で、私は「謎度」の高い詩を自然と求めるようになった。理解云々はとうに諦めていて、もっと謎を、もっと謎を、という具合だったので、まるで現代詩に「おいでおいで」をされているように、そっちの方に近付いていった。ちょっと足をのばして大きな書店に行って、自分にはあまり関係が無いと思っていた専門書のフロアをうろついてみると、ひと気のない一角に現代詩は並んでいた。ほんの少し並んでいるだけだったが、私には大変な発見のように思われた。なんだ、売ってるじゃないか、こんな所で売っていたのか、という感じだ。私はそれらを手に取ってペラペラ捲った。誰の何という詩集をペラペラしていたのかは覚えていない。「謎度」のめちゃくちゃ高そうなものもあれば、案外チョロイものもあった。チョロイものは、やっぱり馬鹿にした。私はとにかく何かを馬鹿にしたくてしょうがない人間なのだろう。その「謎度」の高そうな詩集は、誰の詩集だったかはやっぱり思い出せないが、値段も高いので、とても買えるものではなかった。いや、値段だけが理由ではなかったような気もする。買おうと思えば買えないこともなかったはずだ。きっと、恥ずかしかったのだ。詩集を買うということが、恥ずかしくてできなかった。文庫なら平気だが、詩集を買うというのは、今でもちょっと恥ずかしい。高校生には相当恥ずかしかったのではないか。その辺が小説と違う。大違いだ。私はエロ本を買うぐらいどうってことはない、という程度には図々しい高校生だったが、詩集だけは結局一冊も買えなかった。詩集は買えなかったが、思潮社や土曜美術社の、文庫版の選詩集ならなんとか買えた。

でもどうだったろう。思潮社の「現代詩文庫」だって、私は本屋でペラペラ捲るだけで、どれから買えばいいのか、しばらくは途方に暮れていたような気がする。予備知識が必要だと思って、それまでは雑誌なんて見向きもしなかったのに、「現代詩手帖」とか「ユリイカ」なんかをペラペラ立ち読みして、現代詩という世界がどういうものなのか、まずは情報を仕入れようとしていたのではなかったか。それから図書館。図書館というのも、田舎の図書館は小さいので私は馬鹿にしていたが、現代詩を知るという目的ができると、結構利用するようになった。そんなふうに、なんか下調べをしておかないと、現代詩の世界には入って行けないような気がしていた。これもおかしな話だが、図書館で例えば入沢康夫とか、吉岡実とか、吉増剛造とかいった詩人の比較的「謎度」の高い詩集を借りて、読めもしないが、「凄いらしい」というので、その気になって活字を必死で追ってみると、逆に「現代詩文庫」を買う気が失せて来た。詩集で読む彼らの詩と、小さい活字の文庫で読むそれらが全然違うもののように思えてしまう。だからさっさと買えばいいのに、なかなかその「現代詩文庫」なんかも買う気がしなかった。おそらくそんな感じだったように思う。

東京の大学に合格すると、私はいよいよ小説家となるべく勇んで上京した。小説家になるには、とにかく小説を書かねばならない。そういうわけで私は、授業にも出ず、ひたすらアパートの一室に隠っていた。文学部がしている授業ごときから学ぶべきものなど何一つ無いと、勝手に思い上がっていたのだった。時間はたっぷりあった。誰にも邪魔されない時間をたっぷり確保できれば、なんとなく小説が書けるような気がしていた。でも無理なものはやっぱり無理だ。書けない。続かない。悶々とするだけ。結局、自堕落な「寝たきり」のような生活（いまで言うヒキコモリか）になってしまって、大家のばあさんから気味悪がられていた。隣の部屋の学生からは明らかに軽蔑されていた。そんな気がいつもしていた。小説が書けなくなったのは純文学を読んだからだと先に書いたが、それでも私は、書くなら純文学しかないと心に決めていた。でもその心も、しだいにぐらついてきた。もう純文学は書けそうにないので、片岡義男まで戻ろうと思った。片岡義男であればなんとか手が届くだろう、というのは、自意識的には了解済みだったのだ。呆れるしかない。久しぶりに読んでみた片岡義男は、純文学よりはるかに無理だと思われた。アパートで「寝たきり」になっているような男には、まったく無縁の世界が書かれていたからだ。そのうち絶望的に小説が読めなくなっていった。読む気がなくなってしまった。だらだらしているくせに、無性に苛立っていた。時間は腐るほどあるのに、なんか切迫していた。書けない、ということは何もしていないことと同じだ。普通の人間はみんな何かをしている。何もしていない私は、そのうち「世間様」から糾弾されるだろう。父親のような秘密警察に逮捕されるに違いない。それが怖かった。

小説はしょせん優雅な読み物だ、そんなものはかったるくて相手にしていられない……。私の悶々は、布団にくるまったまま、卑屈になるばかりだった。なんだか凶暴な精神が渦巻いていたようだ。そして何を読んでいたかというと、現代詩だ。もう現代詩しかなかった。東京には古本屋がいっぱいあって、高校生のころに情報収集していた有名詩人たちの、そのオリジナルの詩集が意外なほど安い値段で売られていた。これは買いだった。無名詩人の詩集は、もっと安い値段で売られていた。ペラペラ捲ってみると、悪くない、なんか良さそうだ、これも買いである。そして一番素晴らしかったのは、「現代詩手帖」や「ユリイカ」のバックナンバーが百円とか三百円で手に入ったことだ。私はそういうのを買って来て、部屋でごろごろ、何かを腐らせながら読んでいた。絶対、何かが腐っているような感じがしていた。あの時何が腐ったのか、今でもわからないままだ。私はそれでも現代詩を書きたいとは思わなかった。いや本当は書いてみたいと欲望していたのかも知れない。でも詩は、駄目だ、恥ずかしくて書けない。心のなかがぐちゃぐちゃになっていた。小説をいくら遠ざけても、強い憧れだけは消えなかった。書きたいのはあくまで小説、それも今まで誰も書いたことのないようなとんでもない実験的小説であって、間違っても詩なんかじゃない。そう考えていたし、どう考えても、そう考えるしかなかった。私がこれから書くもの、書いて大成功すべきものが、詩であるはずがない、ところが……。

アホな話だ。私がすでに書いてしまったもの、さんざん書き散らした、小説にするつもりで書き出した散文の断片や、小説の構想を箇条書きにしたノートのようなもの、撮られるはずもない映画のシノプシス、夢の覚え書き、継続性のない日記のようなもの、宛先不明の手紙、遺書の下書きのようなもの、脅迫文、うわ言のような書きなぐり、それら屑のような書き物の膨大な残骸は、みんな現代詩に似ていた。むろん、ただ似ていたにすぎない。私はこの山にもあの山にも、本当は一度も足を踏み入れることはできなかった。隠れ里なんか知ルケ。山のふもと辺りから空き缶やコンビニの袋といっしょに押し流されて、気が付けば河口の、テトラポットの隙間のような澱みのなかで、じゅるじゅるした畳の部屋で、どうしようもなく漂っていただけなのだ。そしてもう、どんな山も見えなくなってしまった。何もない。そう思った時、途方もない徒労感とともに、ここからが本当の勝負なんだという気がした。

略　歴

松本圭二
一九六五年三重生まれ
早稲田大学中退
福岡在住
詩集に『詩篇アマータイム』『詩集工都』など

スギトトホ

1

大量発生したナルトが
脳と咽にぺたぺた貼り付いている感じがする
それらナルトの無限増殖によって俺は死スかもしれない
たくさんのたくさんの赤い渦巻きが恐い
歯にも挟まっている
これは今までで一番やっかいな兆しだ
とりあえず歯医者に行って

「せんせいナルトをどうにかしてください」と言ってみるか
絶対に無理だ
そんなことをしたら一線を超えてしまう
しかしよりにもよってナルトかよ
思い当たるふしなんてねえよ
ああもうナルト鬱陶しい
コルゲート
が
思
い
出
せ
な
い
コ
ラーゲン大量に

コラーゲン大量に仏様となる
コラーゲン大量に仏様となって何となくめでたい
コラーゲン大量に仏様となって何となく「おめでた」ですよ奥さん
そんな命の誕生は嫌だ
ナルト命かよ
精神が赤い渦巻きに占領された人間キム
とうとう俺の名前はキムだ
妖怪人間ベムみたいだ
ベムの方がいい
ベムって呼んでくれ
たのむからベムって呼んでください
ベラでもいい
ベロは嫌だ

2

怪物は薄いんデス
俺様には俺様の考えがあるんデス
胃と脳をむすぶ空洞一号線を沙漠のタミーが
抒情嫌いのピグマリ女と
からまりからまり
ゲボがでる
結婚して
イートーマキマキ運動に入った
ラブラロールベトビラーとかいう犬も来た
中庭平原に突き刺さる
体言止めのムササビ
俺様には俺様の神経があるとデス
水がでる赤い拳銃を買ったのはいいが
眠りながら鼻糞を食べ続けていたのはいいが

じぇんじぇん保存せんかったとデス
蛙を見れば「ケロヨン…」とつぶやく男
横組みのイチローを「いちぐちはじめ」とむりやり読む男
それら薄クリームな怪物を
ケムクジャラと呼ぶことにしよう
どうだちょっと濃くなったか
「まるでクモンの先生のように」存在するドリル的ケムクジャラ
車掌おすすめの温泉宿に住み込み働く浮雲夫妻的ケムクジャラ
革命っぽいことが好きでゲスとか言う
言葉の表面に
おまえらの命の恩人がいるのではないか
俺様の世界標準はエエカゲンに生きてエエカゲンに死スだ
それがどうした文句があるか
アルカモネエー

3

音楽を聴かなくなった
音楽を聴くという習慣が生活から消えたのだ
三年か四年、音楽を聴いていない
部屋には腐る程のＣＤがまだ棄てられずに並んでいる
そのうちまた聴きたくなるだろうと思っていたが
もう棄ててもいい頃だろう
べつに病気じゃない
音楽は疲れる
そのことに、私的に、気付いただけだ
カラス
なぜ鳴く
カラスは山にかわいい七つの子があるからだ
ヘロインとかいうものをやってみたいと思うが
どこに売っているのかわからない

わが子が好きだ
なぜわが子だけは無条件に好きなのか、理解が及ばない
手のひらを太陽に透かしてみれば
真っ赤に流れる血
流れ落ちる血
血シオ…
恐くて恐くて歌えなかった
スギトトホ
反転の鳥たちが時の連なりを分断しにくる
子供の私が真夜中に縄跳びしている
眠れない
つまらないものはつまらない
ヤーレンソーラン
トランク劇場
ラッセラ
ナップ

何かを再現しようとして、いつも失敗する
ねえプラテーロ
ふかみどりは良い色だね

死んだらどこに行くの？
たぶんねえ、宇宙に行くよ。天国は宇宙の方にあるから。
ぜったい嘘。人間は宇宙になんか行けないもん。
行けるよ。宇宙飛行士が行ってるじゃないか。おまえもＴＶで見たろ？
あれは人間じゃないよ。
じゃあ何？
あれは宇宙人だよ。だってロボットみたいなふく着てたもん。
ああそうか。
虫は死んだら土のなかに入っていくでしょ？
入っていかないよ。死んだらもう動かないんだから。
じゃあどうして消えるの？
たぶん、鳥が食べちゃうんだ。
カラスとか？
まあね。
じゃあカラスは死んだらどうなるの？
どうなるのかなあ。お父さんカラスじゃないからわからない。

消えるでしょ?
消えるかな。
カラスも死んだら消えるよ。何に食べられるの?
カラスは、やっぱりカラスが食べるんだろう。「ともぐい」っていうんだ。
嘘だよそんなの。見たことあるの?
ないけど。
嘘ばっかり。
でも何かに食べられるんだ絶対。それで消える。死んだカラスが自分で土に潜ったり
なんてできないもの。もしできたらさ、今度は土の中から出て来るかも知れないよ。
ゾンビみたいにさ。
ゾンビって何?
人間の死体が動き回る映画のことだよ。
恐い?
ぜんぜん恐くない。でも気持ち悪い。
死んだらゾンビになるの?
ならないよ。映画ではなるけどさ、それは映画だけ。

じゃあ人間も死んだら食べられる？
昔はね。でも今は違うよ。焼くんだよ。
焼く？
焼くよ。
焼いてから食べるの？
食べないよ。焼くだけだよ。すっごく焼いて、もう骨しか残らない。
誰に焼かれるの？　エンマ様？
人間が人間を焼くんだよ。
「ともぐい」？
だから食べないんだって。
焼いてどうするの？
骨だけにして、それからお墓に入れるんだ。
どうやって入れるの？
どうやって入れるんだろう。わかんないけど、入れる場所があるんじゃない？
なんか嘘っぽい。
嘘じゃねえよ。

でもさっきは死んだら宇宙に行くって言ったよ。
魂はね。魂は宇宙に行くんだ。
魂って心のこと？
そうだ。
心はどうやって宇宙に行くの？
ビューンって飛んで行くんだよ、ロケットみたいにさ。
でも死んだらもう動けないんでしょ？
カラダはね。だから心だけビューンってことだよ。
虫も？
虫もね。
カラスも？
そう、生き物ぜんぶ、死んだら心だけビューンだ。
じゃあ宇宙は心だらけでしょ？
もうすっごいことになってるよ。
うっとうしい？
鬱陶しいけどしょうがねえよ。

それが天国なの？
たぶんね。

それから心はどうなるの？
ぜんぜんわからない。死んだ人に聞くしかないよ。
誰にもわからない？
うん。
お父さんたくさんご本もってるでしょ？
持ってるね。
どこかに書いてあるんじゃないの？
天国のこと？
そうじゃなくて心のこと。
心のことならいっぱい書いてあるよ。本にはぜんぶ心のことが書いてあるんだ。
そうじゃなくて宇宙に行った心のこと。
難しいな。
書いてあるんじゃない？

どうだろう。思い出せない。
じゃあ想像してよ。
無理だよ。
考えごとしてるんじゃないの？
誰が？
誰がじゃなくて心が。死んで、宇宙に行った心が。
なるほどね。
もうカラダがなくなって心しかないから、考えごとしてると思う。
まあね、それしかできないもんね。
何を考えてると思う？
何を考えてるんだろ。
想像してよ。
でもね、きっとね、何も考えていないと思うよ。考えごとばかりしていたら嫌になる。
だって心でしょ？　心は何か考えるでしょ？
考えない心もあるよ。
どんな？

どんなか知らないけどさ。

想像して。

やだよ。

心も死ぬってこと？　それじゃ宇宙に行っても意味がないよ。

そうだね。

天国には意味がないの？

そうじゃない。天国にはあれこれ考えない心がたくさん集まっていて、それで、聞いているんだ。

何を？

きまってるじゃないか、願いごとだよ。

ほんと？

たぶんね。たぶん、そんなふうに本に書いてあった。

ほら、やっぱり書いてあったんじゃないの。

今思い出したんだ。

ほかに何か書いてなかった？

願いごとを聞いて、それから抽選する。

抽選？　くじ引きってこと？
まあそうだ。
それで当たりの人の願いごとを叶えるの？
天国の仕事だよ。
どうやって叶えるの？　考えない心なんでしょ？
そう。だからどうやって叶えようかなんて考えないんだ。
じゃあどうするの？
奇跡を起こす。
嘘でしょ？
本当だよ。小さな願いごとには小さな奇跡。大きなのには大きな奇跡。
大きな願いごとを引いたら大変ね。
うん。悪い願いごとを引く時もあるしね。
その時は？
悪い願いごとだって叶えてあげるんだ。考えない心だからね。
どうやって奇跡を起こすの？
それがわかったらお父さんも苦労しないよ。

苦労したの？

あんまりしてないけど。


お父さんもむかしは子供だったんだ。

あたりまえでしょ。

大人になっても、子供のころのお父さんは、まだお父さんのなかにいた。

思い出？

そうじゃない。思い出じゃなくて、ちゃんといた。いつでも呼び出すことができた。

心のなかにいたってこと？

そうじゃなくて、時々、子供の顔になってた。

気持ち悪い。

気持ち悪いよね。でもね、顔は自分では見れないだろ？

鏡があれば見れるよ。

うん、だけどいつも鏡をみているわけじゃないだろ。鏡を見ていない時は、自分の顔は見えないよね。どんな顔をしているかなんてわからないよね。

でもだいたいわかるよ。

だいたいね。そう、だからお父さん時々子供の顔してたと思う。そんな気がするんだ。
大人なのに？
そう。
大人なのに子供の顔になるの？
そんな気がしてた。
へんなの。
へんだよね。へんだけど、そうなんだ。それがね、だんだん、できなくなる。
もうできないの？
そう。お父さんのなかにいた、子供のころのお父さんが、急に消えてしまったんだ。
どうして？
たぶん、嫌になって、どこかに行っちゃったんだ。
どこに行ったの？
わからないんだ、それも。
行方不明？
もう帰ってこない。
それは残念なことなの？

すごく残念だ。
淋しい？
とてもね、とても淋しい。だって気が付いたらいないんだもの。
無視したからじゃない？
そうかも知れない。
どうして無視したの？
忙しかったんだ。
いっつもそれ。いっつもいっつもそればっかり。
ほんとだね。
どこに行っちゃったのかな？
どこに行ったと思う？
ジャングル？
ああジャングルだったら楽しいだろうね。
いなか？
田舎でもいい。
海かも知れないよ。

海ね。
砂漠だったら?
ちょっときついけど、まあいいんじゃないか。
他には?
映画館に隠れてるかも知れない。
一人で?
なんとなくね、一人のような気がする。
友達ができればいいね。
犬とかね。
犬!　わたしも犬が欲しい!
お父さんだって欲しいよ。
じゃあ買ってよ。
世話がたいへんだよ。おまえが自分で世話できるようになったら考えてもいい。
できるよ。
まだできないって。
できるって。

生き物だよ？　生き物はぬいぐるみじゃないんだよ。
わかってるよ。
生き物はヘタしたら死んじゃうんだよ。
死なないようにするから。
できるかな？
できる。
絶対死なないようにできる？
うん、できる。

底本　『アストロノート』「重力」編集会議、二〇〇六年一月刊

カバー写真 ｜ 小山泰介
Untitled (Pond), 2007

松本圭二セレクション 4

青猫以後（アストロノート 1）

著　　者	松本圭二
発 行 者	大村　智
発 行 所	株式会社 航思社 〒113-0033 東京都文京区本郷1-25-28-201 TEL. 03（6801）6383 ／ FAX. 03（3818）1905 http://www.koshisha.co.jp 振替口座　00100-9-504724
装　　丁	前田晃伸
印刷・製本	倉敷印刷株式会社

2018年 3 月15日　初版第 1 刷発行

ISBN978-4-906738-28-1　C0392

松本圭二セレクション

朔太郎賞詩人の全貌

※隔月配本予定

ロング・リリイフ　第1巻（詩1）

詩集工都　第2巻（詩2）

詩篇アマータイム　第3巻（詩3）

青猫以後（アストロノート1）　第4巻（詩4）

アストロノート（アストロノート2）　第5巻（詩5）

電波詩集（アストロノート3）　第6巻（詩6）

詩人調査　第7巻（小説1）

さらばボヘミヤン　第8巻（小説2）

チビクロ（仮）　第9巻（批評・エッセイ）